U0131349

INK

INK

文學叢書

043

空望

劉大任◎著

目次

第三輯　看球

自序

這本書收集了近一年來在《壹週刊》專欄「紐約眼」發表的文字共四十餘篇，原擬仿《教父》或《星際大戰》的體例，命名爲《紐約眼II》(《紐約眼》第一集已於二〇〇二年十月由印刻出版)，校讀完畢之後，發現從頭到尾似乎有一個基本的調子，一種統一的心境，我的眼睛看著外面、看著裡面甚至看向球場，而眞正想看的彷彿又不在那些蕪雜紛亂的諸多事象之中，無以名之，遂鑄造「空望」一詞。

「空望」一詞並不存在於任何辭典，原是杜撰，不妨稍作詮釋。

某些時刻，或許在山頭，或許在水邊，你望出去，什麼也沒看見，卻什麼都看見了。

這樣的時刻，或者就叫做空望。

劉大任

有個英文字很有點意思，但常常用在不相干的場合，不妨借過來印證一下。

核子武器競賽的各國之間，不但因開銷大而造成嚴重經濟壓力，更由於核武戰爭的毀滅性威脅，競爭者與非競爭者一樣，大家都給所謂的「核子冬天」嚇得緊張無比。於是，聰明的政客想出來一招，稱之爲moratorium。這個字原來是法律上的用語，指「合法的延期償付」，用在這裡，就變成了核競賽的「暫停」。

當然，狡猾的政客，利用這種「暫停」，想方設法，祕密超越對手，這一類伎倆，也非不可想像。所以，「暫停」似乎提供了雙方「休息」的空間，但因彼此的猜疑仍不可免，緊張狀態不可能化解。

如果我們把這個moratorium的概念應用在緊張焦慮的人生旅程中，或許有些新意，也未可知。

舉例說，「空望」不就是這樣的暫停片刻？雖說人生如夢，但這樣的片刻，確實存在於抽刀斷水之後，水更流之前。

有一次，對著手植多年永遠有待成「形」的盆栽，忽然入定。身邊人看見我站在那棵盆栽面前半天，不言不語，也無動作，遂遽下批語：

「又發癡了。」

說的也不是毫無道理。

一個「闖蕩江湖」大半生的老男人，微雨濛濛、鳥鳴嚶嚶的下午，呆立在一方土紅陶盆前，對著一株五爪楓，居然連手中的菸都忘了抽，這副傻相，不是發癡，又是什麼？

然而，外表的身體停擺，說不定正因精神世界有激烈活動。

第一層，如果不發癡，便不可能眞正進入盆內那棵生命的裡層，因此更不可能知道，「它」究竟活得怎樣？此後又該往哪裡走？這些都體會不出來，「它」便不可能成就應有的完美形態。

其次，發癡的表面現象，所掩蓋的，豈只是「人」與「物」從「相對異體」轉化爲「人物合一」。評者更看不到，「人」與「物」合一後，「人」反而因此超越提升，也就是前面所說的「什麼也沒看見，卻什麼都看見了」。這時出現的我，才是眞我。

所以，不要輕輕放過「空望」的時刻。

舊俄小說最迷人的地方，就是這種「空望」時刻的閒筆素描。

屠格涅夫和托爾斯泰都喜歡寫打獵和森林裡的漫步，雖然文字所指無非林中人的活動或林子本身的外觀和細節，所指涉的卻不限於這些「人」與「物」。

佛家所稱「色」「空」相對與合一，也無非是涅槃之前的一種心靈修習。

生老病死的解脫，不可能是物理世界的規律，只能是物理以上的體會與收穫。

我常聽厭惡日常家務事的家庭主婦說，有時候，洗碗、掃地反而能想很多事情。不過，除了身邊，何妨也想想身外事。經常邂逅「空望」時刻，輕輕拋棄，何等可惜！

電影裡面倒是偶然看到這樣的鏡頭。台灣老一輩的「新電影」導演們，每每在作品中嵌入一些人物面對玻璃門窗呆呆望著外面高樓大廈或流動車燈的鏡頭。觀眾看見的，只是這些不言不語也無動作的人物背影，當然不知道他們究竟在想些什麼，絕大部分觀眾也無法體會，編導究竟要說什麼。也許，有些人多多少少感受到一種現代意味，寂寞與荒蕪吧，但若說因此而受到震動，尤其在台灣，人肯定不多。

讓我想起了瑞典導演英格瑪・柏格曼。六十年代時期他推出一系列所謂的「室內戲」(chamber play)，其中最有名的是影評界視爲信仰三部曲(Faith Trilogy)的《穿過黑暗的玻璃》(Through a Glass Darkly)、《冬之光》(Winter Light)和《沉默》(The Silence)。《穿過黑暗的玻璃》（一九六一年）曾得奧斯卡最佳外語片獎，也最知名。這部戲一共四個角色，女主角卡琳從精神病院出來，同她的丈夫馬丁（醫生）、父親大衛（作家）和弟弟在島上度假，編導通過卡琳的眼睛看世界，最後得到結論：上帝是一隻蜘蛛。

寂寞與荒蕪是現代主義偏愛因而也經營得更加徹底的主題。當然，創作者在捕捉這一主題的工作上，顯然有高低之分。平庸者只能抓住表面現象，稍高者似能反映現存文明狀態的虛空，最高的層次看得最深，從黑暗中透視了整個人類精神體系的潰敗與滅亡。

空望實可望到如此壯嚴偉岸的程度，如柏格曼。虛有其表的空望，台灣一度泛濫，其實多數落空。

空望也不是現代人的發明，更不是現代人專有的特權，人類有史甚至追溯到史前時期，就已經是人之異於禽獸者的特徵。

洞穴岩石上的壁畫，唯物主義者往往傾向於表面的詮釋。草原上的動物群像，不過是採集游獵生活的寫實紀錄罷了。

深一層的解釋，看出了這種寫實手段隱含的藝術技巧和思維，甚至看到了人類初期發展的抽象能力和智慧。然而，現代人類學家中，已經有人把這類表面看來的寫實藝術成品，朝宗教行爲方面推想。

洞穴壁畫，很可能代表神聖的宗教儀式，這就像甲骨文，不僅是史料記載，更重要的是它反映的人類集體生活的隆重典禮。

我的空望時刻當然離不開生活經驗與日常愛好的活動。顯然，這些經驗與活動也只是表面現象，不過是讀書、寫作、打球、種花……。其實，每個人都有他自己習慣或不習慣、喜歡或不喜歡的一套經驗與活動。這些經驗與活動，雖然人各不同，卻不足以構成一個人之所以異於其他人的本質條件。對這些經驗與活動進行檢查，你找不到這個人，這是文藝通俗與嚴肅的分野。要眞正找到這個人，必須挖到他的空望時刻，找到他的眞我。中國傳統人物畫之所以浮淺，就因爲缺乏眞我的觀察，藝評家只好以空靈、神韻一類的空洞字眼搪塞矇混。

這裡點出的，是哲學思維與藝術創作的一個關鍵。

同理，愛上一個人，了解一個人，包括自己對自己，也沒有其他捷徑。

再舉一首詩爲證。

陳子昂的〈登幽州台歌〉也許大家都耳熟能詳，但爲了對照，不妨抄錄一遍：

前不見古人，
後不見來者，
念天地之悠悠，
獨愴然而涕下。

一首短歌，爲什麼成了千古絕唱？

古人與來者都望而不見，不正是空望時刻的精準複製？天地悠悠而愴然涕下，不是什麼也沒看見卻什麼都看見了嗎！

好一個「獨」字。

這些隨筆式的散文，距陳子昂的境界自然遠甚，讀者們不妨視爲我的《嘗試集》吧。

（二〇〇三年六月二十八日，於紐約無果園）

第一輯

看 裡 面

蔦蘿

小叮噹要來美國遊學了，我們兩家人心裡都有點七上八下的，尤其是我和我妹妹，因爲她是我們的親姪女，姑姑和伯伯自然覺得責任重大。

小叮噹才十歲，她的母親，也就是我的弟媳，奮鬥了五年，終於敵不過癌細胞的蔓延擴散，剛剛去世。

遊學美國是我妹妹的主意。十歲的孩子，說懂事也不一定明白，說不懂事又可能什麼都知道。妹妹的想法是，讓她換個環境，一來減輕她爸爸的負擔（他的事業忙得不得了），其次，姑姑和伯母雖不能取代母親，總比把突然喪母的孩子交給菲傭照顧好。而且，我們兩家住在第一流的學區，每年交的教育稅成千上萬，何不利用一下。

在紐約甘迺迪機場，小叮噹由華航空姐牽著手交給我們，姑姑和伯母的眼淚都流下來了，她卻滿臉無畏的表情，彷彿一個剛到迪士尼樂園門口的小孩，眼睛睜大了東張西望。

妹妹的計畫是，讓小叮噹在這裡念半年書，每天接觸新東西，又要學習英文，肯定會讓她不再胡思亂想，半年後回台灣，見到熟朋友，至少又有半年的新鮮話題。孩子正在迅速生長期間，過上一年，她就不會再有噩夢了。

當初決定這麼做，就因爲弟弟在那頭的電話裡說：「這孩子每天晚上夢見媽媽要把她抓過那邊去……」

「那邊」是什麼地方，沒有人知道，也沒有人敢尋根問柢，要她說明。

小叮噹的新學校，環境十分優美，樹高草綠，教室又大又明亮，設備和學習方式也比她熟習的龍安國小新穎有趣。老師都知道她的遭遇，對她特別照顧。小孩子學語言的能力很強，不久就開始交朋友了。每個週末，我們兩家大大小小十幾個人聚在一起，有時打撲克牌，有時玩迷你高爾夫，有時Bar-B-Q，一個多月下來，小叮噹的體重增加了，蒼白的臉上出現了紅潤。

然後，有一天，大夥聚在我家，有人在客廳看球賽，有人在廚房忙，有人在草地上打羽毛球，我正在整理花圃，妹妹走過來跟我說：

「昨天晚上，又作噩夢了，半夜哭醒的，拚命叫：『爸爸，不要拋棄我，不要拋棄我……』

這麼小的孩子，怎麼懂得『拋棄』，眞夠怪的……」

我忙著用花剪修竹竿，剪去不必要的細枝和竹葉，只在竹節處留下兩、三吋的分杈，好把竹竿交錯結紮，給牆邊的蔦蘿搭個花架。我說：「妳把她叫來我這裡幫幫忙。」

我把我畫在紙上的設計圖給小叮噹看，一面解釋。

我們把細長的竹竿一一攤在地上，按設計圖擺好位置，兩個人手中各捏著四吋長的一把細鐵絲。我從左下方，她從右下方，在細竹竿的每個交叉點上纏繞捆紮，這遊戲做得挺好玩，她手上的小鈴鐺，隨著手勢變化，不停丁鈴鈴響著。

小叮噹這個名字不是漫畫書那兒來的，她從小就喜歡在手上繫鈴鐺，讓我想起《宮本武藏》裡岡田茉莉子飾演的朱實，一想到腳上繫鈴的朱實，便不能不想到她後來的殺人放火。

「小紅花好漂亮，」她說：「葉子也很美，它叫什麼名字呀？」

我知道她從三歲起，媽媽就教她背唐詩宋詞，以前每次回台灣到她家，飯後總要當眾表演一下，所以我就說：「媽媽教過《詩經》沒有？」

「關關雎鳩，在河之洲。窈窕淑女，君子好逑。」

但「雎鳩」的「雎」，她唸成了錐子的錐。這可能不能怪她，肯定是她媽媽原來就這樣教的，她媽媽本不是學文學的，我沒敢糾正她。

「對了，妳有沒有背過『蔦與女蘿，施於松柏』這一首？」

「沒有，媽媽沒教過。」

「這花就叫做蔦蘿，它像牽牛花一樣，是一種藤蔓植物，知道嗎？它自己站不起來，必須依靠樹木、籬笆或牆壁往上爬，才能找到陽光……」

一提到植物，我就停不了嘴，這個毛病可眞要命，可是我發現自己糊塗的時候，已經太晚了。

「那我就是蔦蘿，」她說：「那我爸爸就是松柏，爸爸不會不讓我纏在他身上的，是不是？大伯伯！」

小叮噹嘴裡的大伯伯，發音像大跛跛，第二聲轉成了第三聲，我立刻覺得自己像腦筋得了殘疾一樣，不知道該怎麼補救粉飾才好。

我只得以沉默掩蓋內疚與慌亂，幸好春天的太陽溫而不熱，明而不亮，微風送過來一陣陣青草發芽的香味，除了遠處偶有鳥語，一路只聽見她小手上的鈴鐺發出清脆悅耳的聲音。

我們把結紮好的花架靠白粉牆樹了起來，又把已經進入花季的蔦蘿一一扶上了架，便聽見廚房那頭敲鑼打鼓呼喚著開飯了。

這以後不久，妹妹跟我商量。

「學校老師的意見認爲，我們應該帶她去看心理醫生。他們說，不要讓創傷沉澱下去，應該藉專業幫助紓解，免得以後出問題，你看呢？」

我仔細考慮後，堅決反對，我說，有姑姑跟伯母，不會有什麼問題的。有個私心的理由，我沒跟她說。這孩子如果是塊學理工的料，那心裡儘可以洗得透透亮亮、明明白白，小叮噹看來是要走文學藝術這條路的，心理醫生幫助洗刷的，說不定才是眞正的財寶。

九月前，小叮噹讀完了一學期，又參加過一個暑期少年營，準備回龍安國小上五年級了，臨行前在我家聚會，還沒進門，先到蔦蘿架那裡看花，我正拿著一個裝三明治的塑料袋收花種。這一架蔦蘿，也不知是第幾代了，它們的始祖，是多年前從建國花市帶回來的一包花種。

我用一個小信封，裝了五粒蔦蘿種子，塞在小叮噹的行囊裡。

第二年初夏，收到了小叮噹的來信，裡面有這麼一段不太像小孩子的話：

「……大伯伯，我的蔦蘿上禮拜開花了，好開心，我要求爸爸帶我到圖書館去查資料，終於明白了你那兩句詩的意思。宋朱熹《集傳》這麼解釋：『此亦燕兄弟親戚之詩……又言蔦蘿施於木上，以比兄弟親戚纏綿依附之意也。』大伯伯，你那天帶我種蔦蘿，就是要告訴我這個嗎？……」

世界上，還有什麼事情，比無心插柳柳成蔭，更讓人驚喜？

晴姊

好久沒收到晴姊來信了，心裡不免有點忐忑，不是因爲我對她有什麼深厚的感情，可我總會在某種特殊時刻，不期然想到她，有時讓自己也覺得奇怪，這裡面，究竟有什麼特別意味呢？每次想到這個，又總是有幾分鐘的怔忡。

晴姊家跟我們家是表親，雖然血緣關係不算近，但兩家的家長在抗戰時期同甘共苦過，成了至交好友，抗戰勝利後，又因爲同屬一個單位，就索性搬一道住了。有差不多三年時間，我跟晴姊在一個屋簷下生活，她們家住後進的左廂房，我們家住同一進的右廂房。那是一座典型江南的三進老宅，屋簷下一共住了六戶人家，但跟北方窮人的大雜院略有不同，經濟上雖然捉襟見肘，每戶人家還算是有點體面的，在那一段物價波動、通貨膨脹的動盪歲月裡，薪水階級的日子雖不好過，但因爲內戰烽火還遠在天邊，抗戰勝利帶來的希望，儘管渺茫，還沒有完全消失，因此，這座三進老屋裡的日子，至少在我的童年記憶中，還保持著歡樂祥和的氣氛。

每天夜裡，晴姊的父親袁伯伯，總是晚飯後從布袋子裡抽出他的胡琴和橫笛，在二進與三進之間的天井裡，坐在一把老菸槍手指顏色的竹交椅上，換竹膜，調絲弄絃。有時〈平沙落雁〉，有時〈鷓鴣飛〉，興致好的時候，就把晴姊拉出來當眾獻藝，有時〈蘇三起解〉，有時〈霸王別姬〉。凡是不上街看電影或沒麻將局的鄰居，便都搬張椅子或小板凳，圍坐四周，喝杯熱茶，嗑嗑瓜子，一場即興的社區晚會上演了，袁伯伯是樂隊，晴姊是明星，周圍的暗影裡，小孩子偷偷戀愛，大人們歌舞昇平。

我們這條巷弄裡，至少有一打以上的男孩子，從八歲到十八歲，全都愛上了晴姊。

晴姊是天生的金嗓子。唱京劇的時候，假嗓子瘦胸腔裡逼出來瀏亮清脆而微微顫抖的高音，教人心疼。但一換腔，唱起周璇、白光，便讓人覺得，這幾百里外的窮鄉陋巷，立刻幻化成上海十里洋場眼花繚亂的七彩霓虹夜市。

晴姊的皮膚幼白細嫩，兩條長髮辮油光水滑，臉蛋又在陳娟娟與李麗華之間，在我們那批單相思的死黨眼中，遲早，她一定給明星電影公司羅致了去，將來肯定要紅遍天下的。

一九四八年，我父親找到一個差事，全家搬到了台灣，臨行前，他做了一件好事。

袁伯伯是那種不事生產靠典當家傳骨董字畫營生的人。女兒大了，免不了動腦筋減輕負擔，便由我父親撮合說媒，把十九歲的晴姊嫁給他同鄉一位世家的兒子。這份姻緣，風光熱鬧，除了我們這批單相思的傻小子，沒有不傳爲美談的。破落戶的女兒，嫁進了殷實富裕而且祖上有過功名的鄉紳門第，袁伯伯的志得意滿，自然也不在話下。

這一別就是四十年，我心裡沒有晴姊的影子，也快四十年了。

一九八七年，台灣解嚴前三個月，我煞費周章安排父親回他的老家探親祭祖，了卻他一生最大的心願。

到家鄉的時候，我記得，是個江南典型的溽暑天，父親衣錦榮歸轟動了鄉里，一出門便幾百人圍看跟隨，在那邊拜會、參觀、活動的一個禮拜，我經常看到一名黑衣黑褲的老太太，身板佝僂僵硬，滿臉溝渠縱橫，老是不遠不近跟著我們，既不上來打招呼，也沒有人特意介紹，我心裡不免有點寒寒的，因爲，父親在家鄉雖然做過不少善事，鄉下地方的人事傾軋鬥爭，恐怕也免不了，多年前結過梁子，現在來尋仇，不是不可能。

然而，當時的場面實在太熱鬧太亂，父親雖已七、八十歲，亢奮慌亂的情狀，跟八、九歲的小孩沒什麼分別，我應付照顧各方面，如同指揮大軍作戰，那老婦人的黑影，在身前身後晃來晃去，心裡雖有些嘀咕，過一會也就忘了。

離鄉前的那個下午，預定的節目是回祖墳告別。上山的路挺窄，穿過梯田和山林，只容得下兩個人並排走，父親由一名孫子輩的打傘，走在最前面，我緊隨身旁，後邊一條人龍，至少拉開三里長，烈日炙曬下，景觀有點像武俠片裡的荒野行軍，感覺上相當荒謬，好像活在上一個世紀的世界裡。

就在快到祖墳的時候（祖墳是縣黨委知道父親要來的消息臨時修的，裡面空無一物，所以連衣冠塚都算不上），一條黑影從墳後竄出來，我本能搶到父親前面去抵擋，卻發現那條黑影立刻矮了一截，匍匐在地，喃喃重複著同一句話：「請到家裡坐坐，請，到家裡坐坐，請……」

這就是我所以至今無法忘記的跟晴姊久別重逢的鏡頭。

根據我從父親和其他鄉親那裡聽來的訊息，勉強拼湊出來的晴姊一生大致是這樣的：

解放大軍到來的前夕，爲了避亂，丈夫把家從省城搬回鄉下。

五十年代初，土改時期，夫家被劃爲大地主，田產房屋全給沒收，只留下兩間瓦房，夫婦倆奉命爲人民服務，每天炸油條到街坊販賣。

六十年代末，文革高潮期，丈夫受不了城裡來的紅衛兵折磨，投井自殺。兒女跟著造反，同她劃清了界限。

八七年父親還鄉那一陣，晴姊給分發在一間小學裡做校工，負責洗廁所，打掃清潔。

除此以外，其他細節就不太清楚了。

這一切，現在聽起來，不是我們耳熟能詳的老故事嗎？早就失去了聳人聽聞的效果了，不是嗎？

不，有一點點不一樣，關鍵是晴姊這個人。

八七年之後，晴姊隔段時間便給我寫信，起初只是談談家鄉的變化（改革開放的浪潮不久也到了那裡），敘敘家常，我有時給她寄點錢，託人帶點東西，我完全不能想像，她這一輩子還可能有什麼轉敗爲勝的機會。

九十年代初，鄉親輾轉傳來的消息說，晴姊簡直變了個人，雖然六十出頭，臉色卻紅潤了，身板也挺直了。不久我就收到了她的來信，奇怪的是，信是從我們鄰省安徽發的。又過一陣，又收到一封信，這次是從湖北來的。信裡一字不提她的變化，還是敘敘家常，卻總不忘記叫幾句口號，不過，口號的內容變了，不再是「祝毛主席他老人家萬壽無疆」，改成了「祝鄧小平同志身體健康」。

一直到九五年我又一次回老家探親，才知道晴姊早已不是個受盡折磨的窮老太婆，她現在是紅花歌舞團團長了。當然，這種外省地方的小歌舞團，沒有到大城市大舞台的機會，只能在小城鎮集市裡流動演出。

沒想到我零零星星寄的一些美金，竟然造就了她的晚年事業，我原以爲不過是慈善捐款罷了。

好久沒信，心裡終究不踏實，好歹七十出頭了，江湖上，總不會沒有風波的吧！

老耿的絕活

如果從遠方高空看下來，坐落在曼哈頓中城區靠東河的聯合國建築群，失去了它的高大莊嚴，造型上經過壓縮，可能活像一座墳墓，典型的中國人的墳墓。大會堂連接著託管、經社和安全三個理事會的會議廳，加上大大小小幾十個會議室，整體看來就像匍匐在水邊的一條土丘，土丘後方高高豎起一塊長方形的墓碑，受僱於祕事處的幾千個白領工作人員，便是這四十層的墓碑中朝九晚五的蟻群。

沒想到今年又有兩個月的時間，重回這一度深惡痛絕的墓碑蟻群生涯。

這兩個月，每次上洗手間，必定要經過老耿的房間，每次經過那個房間，多少陳年舊事，又無端從記憶殘渣裡浮現。

房間裡坐的如今早已不是老耿了，不過，對我而言，這房間竟像永遠是老耿的。

一九七二年剛進聯合國，老耿便坐在這個房間裡。房間有兩面玻璃窗，擺了兩張辦公桌，老耿的那張，緊貼窗子，窗下便是永遠不見水流動的東河。

老耿一身寒酸打扮，頭髮還是土包子三分長短，皮鞋從不搽油，領帶倒是依俗掛上一條，那一條，顏色近似抹布，形狀也跟軍隊裡用的綁腿差不了多少。有一次，據說用過二十年的皮腰帶斷了，他老兄居然找了根麻繩代替，就這麼穿梭進出於國際外交大員冠蓋雲集的聯合國大廈，除了詫異的眼光，也沒人干涉他，他自然是旁人的任何側目而視的眼光都視而不見的。

那一陣，我記得有人寫了首打油詩送給他，雖屬調侃，卻也有點敬佩仰慕的意思。老耿是保釣運動裡學生身分中年紀最大思想行動最激烈的一個。詩曰：

搞完農藝搞運動，海底外空樣樣通；天生一個耿××，無限嬌羞坐河東。

老耿是台大農藝系的高材生，又在康州大學得了博士學位。保釣一來，他就放下了博士後研究，義無反顧下水。照他的說法，這叫做「捨得一身剮，要把皇帝拉下馬！」

「海底外空」指的是老耿進聯合國當翻譯，經常處理這兩個領域的文件，因爲他譯事雖不專精，理科修養卻超過常人。後面兩句是仿毛體。毛澤東遊廬山，寫了一首露骨情詩送給攝影師李進同志，後兩句是「天生一個仙人洞，無限風光在險峰。」李進是何許人？五十歲以下的人恐已不甚了了，我一點你就明白——江青同志也！

老耿的作風有點驚世駭俗，了解他的人都知道，跟他的出身有關。

一九四八年，他在蘇北老家種田，給路過的國民黨軍隊強拉入伍，十六歲不到就離鄉背井到了台灣。退伍前他吃盡了苦頭，退伍後也吃盡苦頭。前面的經驗培養了他的堅決反蔣，後面的經驗造成他抵死反對台獨的態度。我記得他說過的話：「我們是全世界最廉價的僱傭兵，犧牲一輩子，老蔣才能當皇帝，台灣的老百姓才能安居樂業，你看看，到頭來，我們一批老兵，用完了，丟在窮鄉僻壤自生自滅，還要受氣！」

退伍後的老耿，在台灣各地流浪，賣過藥，撈過虱目魚苗，養過鴨子，種過西瓜。「流浪生活中最苦的不是皮肉，是心靈，台灣老百姓瞧不起我們這批人，叫我們老芋頭。」他說。

老耿大概是他那批兄弟中最有出息的一個，靠著天賦和苦讀，他不但讀完大學，還留洋，還拿了博士。

保釣一來，他終於爆發了。

不過，他也從來沒有想到，保釣搞了不到兩年，生活來源斷絕，一家嗷嗷待哺，居然混到聯合國來幹上與他一輩子的生活、學識毫不相干的文謅謅翻譯官。

最早發現老耿有點不太對勁的是我。我那時開始迷上種花養蘭，初入手，老出毛病，病蟲害不斷，老耿成了我的首席顧問。不過，老耿做顧問，雖然不收顧問費，求教的我，卻要付出不小的代價，這主要是因爲他除了專業上的嚴格要求，還有顆治病救人的良心。這顆良心，不好應付。

老耿的救人習慣，不是三天兩天了。保釣沒發生前，他有個親戚，家住洛杉磯，四十上下，金子房子車子妻子孩子，五子登科，突然陷入中年危機，一下鬧婚變，一下又要自殺。老耿不遠千里飛過去，二話不說，就在親戚家裡住下來，病不治好，人不救活，不走！

據說，老耿用完一切儒、道、釋家哲學猛批慢勸都不靈光，用狠藥毛澤東思想也不奏效之後，忽然一天，發現他親戚家的後院一片荒煙蔓草。也許一時無聊，也許是他的專業訓練造成的本能，總之，老耿先從草坪下手，花了不少工夫，在後園創造了一片綠地。接著就注意到，圍牆前，樹籬邊，玫瑰花壇與熱帶草花圃都已奄奄一息。於是捲起袖子，索性下海，翻土、添肥、殺蟲、整枝、修葉……先讓一些還可以救的植物恢復元氣，又往附近苗圃尋材料補充配置，不到兩個禮拜，人還沒救活，卻把後花園救活了。

奇怪的是，後花園救活了之後，人也就跟著救活了。怎麼講呢？

有一天他那位病入膏肓要死不活的親戚，大概看到老耿每天大汗淋漓在後院勞動，動了惻隱之心，自動過來幫忙。人這種動物很奇怪，跟土地一接觸，腦子裡就會出現變化。不過是些最普通的勞動罷了，動動鋤頭、圓鍬，澆澆水、搬搬石頭、挖挖洞而已，然而，勞動之後，景觀變了，草木花樹得到適當的照顧，開始煥發生命的光彩，這個覺得人活著毫無意思的人，忽然在心底感覺有一道活水潺潺了。

不過，我跟老耿學習的那段經驗卻不完全一樣。首先，我雖然覺得公務員生涯無聊，卻沒像他的親戚那樣，要死要活。其次，園藝本來就是我的嗜好，用不著別人啓發引導。老耿不明白這個，他把他的生活挫折轉嫁到我身上，他的教導方式越來越讓我吃不消，我只得採取逐步撤退的辦法，慢慢跟他疏遠。

老耿因爲進聯合國時年紀已經不小，做不到二十年便退休了，他的退休金因此比我們少了一半以上，不少朋友都有心想照顧他，幫他的忙，然而，都被斷然拒絕。實際上，退休前三、四年，老耿的毛病已經相當嚴重，他不能接受文革後大陸的政局變化，對台灣美麗島事件以後的政治發展，他也根本無法理解。一九八九年天安門事件發生的時候，絕大部分老保釣都參加了示威抗議遊行悼念活動，老耿是個例外。有一次，紐約舉辦支援北京學生民主的討論會，老耿居然在會上聲淚俱下，強烈指責北京學生「崇洋媚外」。

那一段時間，我們幾個老保釣都收到過老耿發的匿名信，除了把我們罵得體無完膚，還口口聲聲警告，「遲早，我火起來，小心你們的狗頭！」老耿從不簽名，信尾只寫三個字：「中國人」。

這天，我終於忍不住走進老耿的房間去。靠窗坐著的是位北京外語學院畢業的年輕翻譯，巧得很，也是蘇北人。

「我知道這是老耿的舊座位，」他說：「去年回籍假，我還到他老家看過他。老耿申請了一塊地，種了幾十萬棵波斯菊，地方上都鼓勵他，準備幫他辦理切花外銷呢！」

海水泛金

一九七四年夏天的一個週末，我在南半球委內瑞拉一個港口的海盜船上，照了一張照片。這張照片目前仍擺在書架上，好幾次想扔都沒扔成。這照片實在照得不很好，我的臉，從右上方到左下方，有一條黑影，看來像給毀了容。

沒扔掉它有個原因，每次看到這張照片，便回想起拍照前的剎那。眼睛望著海水，陽光照在澄澈的海水裡，反映出一片金色，那一片金色是無數金黃閃爍的粒子組成，不停跳躍著，呼喚著，好像努力要把我拉進去，拉進一個純粹無比的眞善美的世界。

拍照的朋友叫做ＹＫ，他沒注意觀光用的那艘海盜船上，到處是古老的帆纜，那條陰影就是這麼記錄下來的。

二○○二年十二月十日，我到聯合國總部哈瑪紹圖書館的附設劇院去參加一個紀念儀式。這一天不同尋常，是《聯合國海洋法公約》開放簽字的第二十個週年。這個海水泛金的圖像，又一次回到腦中。

從哪裡談起呢？

應該是五十年代中期吧，國際社會開始感覺管轄海洋事務的現行國際原則已經過時，無法有效指導和規範各國利用海洋的行爲。因爲，在此之前，統治一切的只有一條「自由海洋原則」，十七世紀西方海上霸權的思想產物，說穿了，除各國自定領海外，廣大海洋純屬無主狀態，實質上就是「強者予取予求，弱者無從利用」。

然而，科技創新加上人口爆炸，從根改變了人與海洋的關係。先進國家的捕撈船隊威脅了漁藏，工業大國污染了海洋環境，國與國之間，對海洋及其廣大資源各自提出相互矛盾的主張。海洋究竟是列強的私有物？還是人類的共同遺產？這一類迫人問題不能再不解決，制訂公認法規於是成爲聯合國的當然任務。

一九六八年，聯大授權成立「和平利用國家管轄範圍以外海床洋底委員會」，負責起草海洋法。我參與的聯合國第三次第二屆海洋法會議，前後幾達四個月，主要任務就是提案、討論、審核和制訂海洋法的條款草案。草案於次年送交各國代表團，展開談判、修訂程序，最後在一九八二年十二月十日開放簽字，一九九四年正式生效。目前，參加國共一百三十八，美國至今未簽。這一國際文書，雖仍有些大國拒簽，卻已成爲人類今後利用海洋的最高憲章，即使非簽字國，也不能不以之作爲自己的行事準繩。

第三次第二屆海洋法會議從一九七四年五月開到九月，是爲時長達十五年的艱苦立法過程中實質意義最爲關鍵的會議，各國都選派一流法律、海洋專業和外交人員出席，聯合國自然重視無比。會議由委內瑞拉擔任東道國，會場選在該國首都加拉加斯。

由於海洋法公約有個前提規定，這項公約必須按聯合國官定的六種工作語文定稿，六種語文版本同時生效，效力相等。總部於是派了六個語文組工作人員赴會，參與起草、編譯、修訂和定稿的工作。我就是這個機緣下躬逢其盛。

我被選入中文工作人員的先遣隊，這個先遣隊由李博高先生領隊，一共六個人，我忝陪末座。

那時候，我參加聯合國工作還不到兩年，雖然在台大法律系讀過兩年又在美國讀過六年政治學，談到學歷和經驗，我的資格可能只是勉強過關。領隊的李博高先生是清華大學高材生出身，聯合國裡已經有二十年以上的資歷，其他幾位也都是中英法文俱佳，飽學而老練。我們剛去那頭一個月，六人分日夜兩班，博老不放心我，總把我跟他排在一班，有時候，我感覺，幾乎有點像把著手受教的味道。

此外，我的問題還不只這個。

一九七四年，我的保釣熱還沒完全退潮。尤其是分配做夜班，因此第二天白天有餘暇的時候，總是想盡辦法出門亂跑，自以爲在做社會調查。目的是利用空檔，給遠在香港的《七十年代》雜誌寫點通訊之類的文章。

加拉加斯是南美洲的名城，城市規格南北狹長而東西兩面山嶺夾峙，跑不了多久我就發現，這是個表面實行民主政治，實質上貧富懸殊、種族壁壘森嚴、階級對立極爲緊張的社會。委內瑞拉政府安排的會議中心和聯合國工作人員的住宿全部集中在城中心區總稱爲「中央公園」的綜合大樓裡。這座大樓實際上由四棟公寓樓和一個大會議廳組成。爲了讓聯合國工作人員和各國外交官工作生活方便，政府居然施鐵腕，把公寓裡的住戶全部迫遷四個月，並從該國的「貴族」上等人家挑選了大批年輕貌美女子來做服務員。最奇怪的是，委內瑞拉是個多種族混血的國家，而這批服務員一律是白種人，西班牙殖民主的後裔。

中央公園坐西朝東，我僱計程車到處鑽，後來發現一條規律：往東的山嶺上，住家的房屋多寬大敞亮，不少人家花木扶疏、庭院深深，有的還在門口掛上個風雅的別號，儼然是縉紳世家豪門宅第。往西的山嶺則完全另一個世界，基本上還不如香港五十年代的調景嶺或六十年代台灣的軍眷區，疊床架屋的民居多以鉛皮薄板急就，其中蟑螂叢生、老鼠爲患、道路破爛、污水橫流。這些地區，幾乎看不到白人。

這種種現象，對當時的我，產生了加倍煎熬的效果。

一九七四年四、五月間，就是奉派到委內瑞拉出差的前一、二個月，我曾到當時仍在文革末期的中國大陸去探親旅行，經驗了我平生最震撼的一次理想大幻滅。

記得最清楚不過，飛往委內瑞拉前，我特地到書店找到索忍尼辛的《古拉格群島》，準備利用這次旅行，好好了解一下社會主義偉大實驗與現實之間的差距。

社會主義的古拉格與委內瑞拉資本主義民主制度創造的社會現實，每天在我腦子裡鬥得你死我活，我的專業工作能幹出什麼成績來，也就可想而知了。

不過，不要忘記，今天，作爲人類利用海洋的最高法律文書，那一套海洋法的中文版本中，還有不少條文出自我的手筆，雖然每一條條文都經過多少國家和聯合國的專家們多次反覆修改審訂，我的腦力勞動總還留了點痕跡吧。

不過，又有誰知道，這些微的腦力勞動成果，其實是什麼樣的知識與信仰相互傾軋煎熬之餘的產物？

現在再回到同時出差的那位可以深談的保釣老戰友ＹＫ。

ＹＫ是哈佛大學的物理博士。保釣前，他和一夥台港留學生組織了一個毛澤東思想學習小組。一批人合租了一棟小樓，輪流買菜輪流做飯輪流打掃，同吃同住同勞動。

那天是個休會的假日，我們同往海邊港口遊覽，一路上有足夠時間單獨相處。我跟他談了不少大陸行、古拉格群島和委內瑞拉的種種，我到今天還忘不了他的評論。

「你總是比別人早走三步，將來肯定要吃虧的。」

一年後，ＹＫ離開了聯合國，回香港教書。

三年後，ＹＫ離開了他教書的崗位，在九龍一個工業區開辦了企業。

一九九三年，我路經香港，ＹＫ招待我，用他的私家遊艇載我到九龍外海小島上玩了一個下午。我不免又望著清澈海水中閃爍著的金色陽光，不覺想到「海洋是人類共同的遺產」與強者予取予求的「自由海洋」之間三個世紀的歷史差距，彷彿若有所悟，終究還是有點糊塗了。

一眼望穿

多年前，一個有太陽的中午，跟一位面臨退休的老同事外出散步，回程路過聯合國祕書處大樓前的噴水池，老同事走累了，陽光又好，遂建議在池邊休息一下。我當時不免詫異，因爲再走幾步路，坐一趟電梯，不過兩、三分鐘而已，就可以回房間了，爲什麼坐在池子邊上的水泥台階上呢？老同事指著水池旁邊一塊巨石雕刻說：

「這東西叫什麼？知道嗎？我給它取了個名字，叫做『一眼望穿』！」

這些年來，我注意到，一般到聯合國參觀的人，儘管問東問西，從沒有人問，這塊石雕，叫什麼名字。這些年來，我經常在這塊石雕前後左右走來走去，因爲它就擺在祕書處工作人員每天上班下班必經的路上，可是，我到最近才發現，即便是那位老同事無意中說出了自己的心事，或者也有意點醒我，我也從來不去想，這塊石頭，究竟叫什麼名字。

那天，事有湊巧，我給自己做了一個頗重要的決定，一時心神不寧，忽然想到「一眼望穿」這四個字，遂走下樓來，特別跑到那塊從造型到色澤都簡單樸質的石頭前面，才發現，它原來是有名字的，只不過，不叫「一眼望穿」，叫做「Single Form」，作者是個女雕刻家，Barbara Hepworth。

聯合國建築內外，布置了不少會員國贈送的藝術品，義大利送了Arnaldo Pomodoro的銅雕，加拿大也送了一座銅雕，是Henry Moore的作品，兩位都是大師級的名家，他們的作品也就擺在引人矚目的位置。Barbara Hepworth是誰，我不清楚，我只知道，她的這件作品，是聯合國第二任祕書長哈瑪紹生前就想要的，顯然是他喜歡的東西，因此，哈瑪紹死後，把這塊石雕放在他鞠躬盡瘁的祕書處和爲紀念他而建的圖書館之間，也必定有它的用意。

可是，Single Form究竟是什麼意思呢？

這塊石頭，看起來的確平淡無奇，本身雖然扁長巨大，但因爲擺在四十層高的祕書處大樓和航空母艦似的圖書館建築之間，便毫無威懾感，反而有點謙恭謹愼的意味了。石雕整體高度約三十英尺，上寬下窄，寬處約爲高度的一半，最窄在底部，上下厚度都只不過一英尺左右，因此，豎立在噴泉旁邊，不免讓人覺得單薄動搖，戰戰兢兢，隨時有倒塌的危機。石雕主要兩個平面，向第一大道的那一面，作者刻畫了幾道交錯的線條，把平面分割成六大塊。向裡的一面，則用打擊穿鑿器敲出了斑駁不平的印記。這些印記，沒有一定的秩序，似乎隨意布置，又像人類在地上努力而不注意留下的痕跡。

Single Form究竟是從一整塊石頭裡雕鑿出來？還是好幾塊素石拼湊而成，實在很難斷定，因爲它的整體造型，無從喚起大自然的印象，顏色也不天然，作者好像有意加工成某種色調，有意讓觀者失去岩石自然帶來的風吹雨打億萬年自然洗禮的聯想。似乎要你接受：這是人類文明的產品，彷彿青銅器時代遺留的紀念物，或者乾脆視爲一件祭品，一種禮器吧。

這麼一看，怎麼可能解釋成「一眼望穿」呢？

哈瑪紹是聯合國第二任祕書長，一生風塵僕僕，尤其心在非洲。一九六一年九月十八日，哈瑪紹出訪烽火連天、離亂悲慘的剛果，座機失事，機毀人亡。

Single Form原來是座紀念碑，它整體的形狀不就是地圖上看起來狹長扁平上寬下窄的非洲嗎？石雕靠近右上角的頂端，鑿了一個大圓洞，直徑差不多三英尺，兩面透光。老同事的「一眼望穿」，靈感就從這裡來。然而，尤其是剛做了一個重要決定的我，仔細觀察省思，又回想到哈瑪紹與聯合國這五、六十年的種種，不覺恍然大悟，這個Single Form，也許不是「一眼望穿」，而應該是「一心想穿」吧！那個圓洞，不就在心臟的位置嗎？

這裡面牽涉到一個「官僚組織」與「個人理想」之間的矛盾統一問題。

前面提到的那位老同事，是一位學識淵博但懷才不遇的人。抗戰勝利後，老先生從上海聖約翰大學外語系以第一名的優異成績畢業。當時的中國，外患暫息內憂又起，戰後百廢待舉，需才孔急，老先生的上一輩跟辛亥革命有些淵源，一紙八行書，把他推薦給了陳誠。老先生的青壯年時代，也許風光過，尤其是陳誠五十年代在台灣實行三七五減租、耕者有其田政策而實居一人之下萬民之上叱吒風雲不可一世那一陣子。陳誠與蔣經國之間的明爭暗鬥，台灣老一輩的人也許還有記憶，總之，我認得的這位老先生，也是池魚之殃的倖存者之一，五十年代末出亡美國，到哥倫比亞大學念學位，從頭幹起，最後也只能到聯合國祕書處謀得一枝棲。

老先生的「一眼望穿」，跟他後半生的聯合國經驗也有一定的關係。

一九七二年我考進聯合國祕書處工作的時候，我那個單位的主管還是國民政府主持全國政局時代的遺老。進聯合國不久，便聽人說，老先生本應是下一任接班人，因爲無論從學識、能力、人脈、聲望、資歷哪一面看，他都應該是最適當的人選。然而，一九七一年，晴天霹靂，中共在國際舞台上實行以農村包圍城市的戰略奏效，第三世界的絕大多數壓力，打垮了國民黨唯美國馬首是瞻的伎倆，對國民黨出身的老先生而言，聯合國變了天。

按照聯合國的章程，祕書處應該是個不受任何會員國尤其不受大國操縱指揮的中性服務機構。然而，現實政治往往不足爲外人道，中共利用它在七十年代初期如日中天的第三世界領袖地位，假借聯合國祕書處內有人反共反華因而無法信任之名，處處施壓，老先生的前程就這麼功敗垂成了。

老先生退休前，我還記得，一位北京新貴坐直升機來上任，召見老先生的時候，他特意在西裝領口上別了一枚青天白日滿地紅的徽章。

又有一次，打字房的一名小左派拿了他的文章原稿闖入他房間去興師問罪。

「××先生，你寫的這個字，好像不符合《新華字典》呢？」

「對不起，××同志，我用的是《康熙字典》。」老先生說。

因爲去年便答應了這件事。今年十一月我又回到聯合國祕書處擔任短期工作。從紀念碑走回辦公室的路上，不可能不想到哈瑪紹與老先生之間的命運差。從頭算起，這是我與聯合國結緣的第三十個年頭，這個緣，看來也到了「一眼望穿」的時候了。

溫柔鄉是英雄塚

是那種「盍各言爾志」的天氣，對了，就是那種什麼事也不想做什麼地方也不想去的天氣，只合在陽台上喝喝茶、聊聊天、看看報紙的天氣。三個老朋友相聚敘舊。不知誰，也不知是否受這種天氣的影響，意外打開了一面窗子。

是那種從「如果」兩字開頭的句子引導出來的窗子。如果我當時……那現在就……，之類的。

漸入佳境。

阿福先說。

記不記得一九九六年十二月五號？阿福斜抬著頭，望著老榆樹上跳躍的金色陽光，以一種回憶古老幸福日子的口氣帶我們進入時光隊道。

那一天，納斯達克指數(NASDAQ)急降到一三〇〇・一二點，股市大譁，因爲葛老（Alan Greenspan，美國聯邦儲備會主席，相當於中央銀行總裁）說了一句狠話，用了緊箍咒似的那兩個字irrational exuberance（非理性榮景?），然而，他的冷水卻把我潑醒了。一禮拜之後，股市恢復了生氣，重新猛漲。我想：如果中央銀行總裁都壓不下這股漲勢，那就一定有更大的力量在後面推，這波瀾肯定還要持續一段日子。於是做了一個決定，不但把老本全賭上，又借了margin，大舉進場。到一九九九年中，我的投資組合（portfolio）總價值距離心目中的目標兩百萬美元只差二十三萬，納斯達克徘徊在五千點左右，市面上有本暢銷書，書名叫做《道瓊三萬六千點》，我想，再熬兩三個月，應該可以收山了。同時，心裡出現了莫名其妙的懼高症。我問自己：如果五千點就是極限，爲什麼不先撤出來，以後十拿十穩的機會再進場，補足那二十三萬?另一個聲音卻說，美國經濟基本面好得很，就業率這麼高，通貨膨脹幾乎看不見，消費者信心指數強勁，有什麼理由害怕?何必自己嚇自己。何況，如果立刻全部脫手，這一年的資本利得稅就得付幾十萬美元。何不等到每年年底，將手中賺賠的個股分批賣出，減低納稅支出?

一九九九年底以後的發展，你們都知道了。昨天，納斯達克跌破一千三，回到葛老喊話以前的水平。我呢?昨天仔細算了算，回到了僅剩老本的狀態。六年的精打細算，喜怒哀樂，一筆抹消，事如春夢了無痕，只給自己增加了一個問題：一個嚴重的心理問題，怎麼把心頭起伏不已的那個「如果當時……」的無聊想法，徹底消滅掉！

老榆樹的樹葉碎影，給微風輕輕撥弄，在阿福略顯蒼白的臉上，劃動著。阿福的思路，顯然沒有更向上溯。再往回推二十多年，波士頓保衛釣魚台行動委員會裡，不是有過一名綽號阿福的興無滅資健將嗎？

也許想安慰阿福吧，一度也是親密戰友的老田，端起茶杯好好喝了一口我珍藏的特級烏龍，講了一段「與偉大擦肩而過」的故事。

一九八八年吧，經人介紹，結識了一位體改所來的人。

你們都知道體改所吧，這就是趙紫陽的貼身智囊團，全名是體制改革研究所。那幾年，一位東歐流亡人士創辦了一個「開放社會基金」，利用他在華爾街賺到的大筆銀子（當然也爲了逃稅效益），資助社會主義陣營內的改革力量，到美國和西歐留學取經。

體改所陸續有人到哥倫比亞大學的研究系所遊學。他們來，不是爲了學位，也不追求學問，他們來，是帶著具體問題來的，是爲了尋找立竿見影的方法與答案才來的。這些人可是一批眞正的菁英，鄧小平復權後，中國農村生產力復興的基本改革，就是趙紫陽擔任四川省總書記時代由他們試點試面全力推廣到全國這麼實幹出來的。

當然，開始來的還不是舉足輕重的人物，但我結識的這一位，位不高而權重，已經是左右手一級的了。

我們深談過很多次，最後，在他期滿回國前一個月左右，對我說：你把你談的這些整理一下，理論方面不需要談得太細，多在具體實踐上用點心就行了……。

我於是找了兩三位專修社會科學的朋友，花了一點時間，整理出來一個相當完整的體制改革提議書。

重點是如何在現有的體制基礎上，擴大加強某些體制機構的功能（如人大），削弱或取消某些體制機構，目的無非是創造機會，讓中央集權的政制和平演變爲具有代議性質和制衡作用（**check and balance**）的多元分權政制。

當然，這個計畫書也觸及更深層的社會改造問題，例如媒體多元化，學術中立化等等，連社會生產管理問責制如何過渡到福利國的一些細節做法，都沒放過。

總之，這是當時的我們能夠想出來的一個藍圖，這個藍圖，有沒有實現的可能呢？不能說百分之百，然而，我確知，再經過一番討論研究篩檢修改，上馬的機會非常高，我已經準備放棄美國的一切，回去參與這個過程了……這不是我一輩子的理想與希望嗎？

體改所的人回去了，不到兩個月，天安門事件爆發了，其他都是歷史了。

老田現在是一名標準的「週末高球手」，不過，由於他事事求精求確的習慣，實力已經在八十桿左右了。雖然他的球齡才不過六年，據他說，是在「完全死了心」以後才開始的。

輪到我了。

我請他們站起來，伸伸懶腰，隨我到院子裡走了一遭。

你們都知道一點希臘神話吧，我說，這個院子，就是我的海倫。

海倫是世界上最美的女人，然而，她的脾氣，冷熱無常，所有英雄好漢都被她整得頭破血流，同時，所有英雄好漢，都爲她鞠躬盡瘁，死而後已。

我回房取出來兩張照片，跟報紙電視上的減肥美容廣告一模一樣，一張叫before（手術前），一張叫after（手術後）。你們請看，手術前的院子，只有前後兩塊草坪，靠馬路的那棵玉蘭花樹，還不到我的腰，現在，電力電話公司的工程車，常常來爲它整容，怕繁茂的枝葉，妨礙半空的電線。

二十年來，我幾乎把全部稿費和版稅全花在它上面，先先後後種下了花草樹木不下一千棵。每天早上起來，只要天氣允許，我一定前院後院視察一遍。出外旅行，我不能不牽腸掛肚，深怕朋友事忙，忘了定時過來澆水（我不信任自動灑水系統，因爲它可能故障，且不可能照顧到每一棵植物）。

這上千的生命裡面，自然也免不了夭折或意外（例如野鹿偷食、病蟲害侵蝕或人爲錯誤），然而，即使跟專業園藝家相比，我的成功率也不低。這上千的生命，每一個的生命史都記在我腦子裡。

這二十年，我有過不少所謂的機會。

有朋友約我回去打天下，辦雜誌、拍電影。也有人鼓動我，精力還這麼旺盛，何不做些有益於國計民生的事業，成立公司也好，辦個學校也好，總比成天拈「花」惹「草」有意義吧！現在，資金不是什麼大問題啦！

我望著陽台不遠處，二十年前從鄰居飄來的種子發芽生成的一棵兩吋高深紅葉日本楓小苗秧，如今已經高過屋頂，主幹參差而枝葉扶疏。

試問，天下還有什麼了不起的事業，抵得上它在微風裡搖曳生姿？

蔡頭

第一次見到蔡頭，無論誰，即使在六十年代，都不能不目瞪口呆。我也一樣。稍微不同的是，我目瞪口呆，不是因爲他的髮型、衣著打扮、舉止動作或言論主張。我那時也蓄長髮，穿綠色美軍夾克，出入課堂校園，甚至衣冠楚楚的社交場合，一樣高談闊論，力求驚世駭俗。如今回想，當年碰到過我的人，尤其是陌生人，恐怕也難免有目瞪口呆的。不過，第一次見到蔡頭，目瞪口呆的不是他，是我。我目瞪口呆，是因爲他那種突然爆發的行動，沒有人能夠預測，沒有人能夠控制。

一九七〇年雙十節前後，舊金山唐人街有一個海外華人關心注目的典禮。愛國華僑（主要是右派）捐了一筆錢，在華埠中心區的都板街口建了一座紀念孫中山的彩色牌樓。這座牌樓雖然是水泥製品，卻漆金髹紅，打扮得古意盎然，跟都板街上少數幾棟仿古琉璃瓦樓房，顯得相得益彰，因此，既有它的政治作用，也可以吸引觀光客。那個年代的華埠，範圍比今天要小得多，就那麼幾條街，其中主要三種營生：飯館、雜貨鋪和禮品店。三種營生都依靠觀光客，所以即使有小部分非右翼的老華僑反對建牌樓，大部分僑眾還是歡迎期待這個牌樓的落成。

僑團請來主持開幕典禮並剪綵的貴賓是當時的國民政府副總統嚴家淦先生。

金山灣對面的柏克萊，那天不約而同，去了一批人，其中有一部分是台灣來的留學生，還有人拖家帶眷，多少是抱著看熱鬧的心情。此外，有幾個所謂的街民（street people）也摻雜在觀眾裡。反戰年代，聖地柏克萊吸引了世界各地的朝聖青年，校園附近一些廉價老住屋裡，收容了不少，有些積極參與校園革命活動，他們的身分便定位爲街民。

跟我們混一堆，在牌樓旁典禮台對面街簷下站著的街民中，卻有一個中國人，大家雖認識，但不很熟，就是蔡頭。

後來熟了才知道，蔡頭原來也來自台灣，數學系的，而且在美南一間州立大學拿到了博士學位。他拿學位的經過曾傳誦一時。據說學位口試那天，發動了群眾在試場外示威，叫出了「打倒學術權威」的口號，因此整場考試過程風聲鶴唳。以階級鬥爭的方式取得學位，即使在我們那個時代，也屬於空前絕後的壯舉，因爲，繁文縟節、吹毛求疵的博士考試，早就是學生革命的對象。

在這裡，應該先介紹一下，站在屋簷下看熱鬧的我們一批人，心裡究竟想些什麼。保釣運動的醞釀爆發，距當時還有差不多兩個月，也就是說，整件事與保釣毫無關係，不過，這件事的確清清楚楚表明了我們那種躍躍欲試的臨界點思想和心理狀態。

唐人街社區已經自發形成了兩個毛派組織，一個叫「爲民社」，一個叫「義和拳」。兩個組織都很激進，但在作法上，「爲民社」強調長期扎根，以比較溫和的宣傳和服務手段團結華僑。「義和拳」則把工作重心放在工會組織上，想以階級鬥爭的方式打開在華埠的影響力，我記得，周至柔將軍的女兒Carman Chou，就是「義和拳」的領導人。

除了這兩個小組織，舊金山華埠自抗戰時代起就產生了左派，我們當時把他們尊稱爲「老左派」。

這些情況一交代，就不難明白，那天的看熱鬧行爲，其實不是單純的觀光活動。這幾方面的人馬，都在現場。

兩個左派組織和老左派都堅決反對把華埠打扮成洋人眼中的異國情調、辱華風景。然而，大多數生於斯、長於斯的華僑絕不會反對招攬更多觀光客，整個矛盾就產生在這種欲反又不能反，不反又氣不過的緊張狀態中。

剪完綵、拍完照的嚴家淦，在官定僑領簇擁下，走上了二樓陽台，準備對觀禮群眾發表演講。

就在這個時刻，蔡頭衝出去了。

觀禮群眾與主席台之間，由負責維持現場秩序的警察隔開，留下了大約一條馬路寬的緩衝安全區，這時候，只見蔡頭一個人，衝進這塊禁區，指手畫腳對著二樓主席台上的嚴家淦叫陣。也許他自己也被自己的行動嚇住了，雖然聲嘶力竭，內容卻聽不分明，隱約可以辨出一些口號似的句子：

「打倒獨裁……釋放政治犯……打倒……」

明顯感覺得到，當時最緊張的，不是早已習以爲常的警察。主席台上雖然有點吃驚，基本上只是發呆，沒什麼動靜。最緊張的反而是我們這批台灣來的留學生。有人叫嚷：「把他拉回來，盲動……」也有人喊：「大家一起上，要抓一起抓……」結果還是沒有一個人試圖衝破警察的防線。一種彷彿是先天的障礙，綁住了手腳。事實上，整個突發事件前後也許不到一分鐘，從來沒有公開抗議習慣的台灣留學生，根本還不知道應該怎麼反應，訓練有素的警察已經解決了問題。兩條穿制服的壯漢一夾，蔡頭就像小雞一樣給帶走了。

當天晚上，大夥集中在「爲民社」總部，商量如何援救蔡頭。

這件事，對台灣留學生而言，簡直像大禍當頭，因爲大家嘴上不說，心裡都有個沉重的黑影——這種行爲，如果發生在台灣，至少十年以上有期徒刑，弄不好，槍斃都有份。「爲民社」與「義和拳」的人卻不把它當一回事，立刻聯絡好律師，當場募捐，第二天就把蔡頭保了出來。以後雖然也有過審判，但當年這一類的案子層出不窮，法官早已司空見慣。按美國法律，沒有美國公民身分或綠卡的外國學生，公開參與政治活動，完全可以交付移民局驅逐出境，蔡頭如果給押回台灣，後果當然不堪設想。這件案子，法官只是當庭申誡了幾句，便結了案。

在以後的保釣過程中，蔡頭這種不顧一切、突然爆發的事件，還發生過好幾次。每一次我都感覺，這匹發瘋的馬，拖著車子拚命前奔，我們在後面費盡九牛二虎之力才勉強拉住他，沒出大事。多少人都無法忍受他這種脾氣，有人甚至氣憤到凡有他在場的會都拒絕出席，可是，那第一次的目瞪口呆經驗，確實給我上了寶貴的一課，讓我深深意識到，在嚴厲家長制度下長大的孩子，要想突破多年養成的心理自我封鎖，多麼不容易。

這就像不會游泳的人第一次下水前的恐懼。有時候，確實需要有人不管三七二十一，猛推你一把，讓你喝上幾口水，再憑求生本能反倒學會了游泳一般。

我想，蔡頭在歷史上扮演的角色，就是這麼一個推手，雖然他本人可能從來沒有過這種自覺。誰又能想像，革命也跟體育競賽一樣，需要事先拉筋熱身呢！

人在路上

人在路上，心情多半偏好。

按照民俗傳統說法，我今年眞是驛馬星動。二月到三月在台北，六月去了一趟加州，七月遊法國，八月跑加拿大，九月回台北，十月赴大連、瀋陽、汕頭，十月下旬又到加州，今天，十一月五日，竟然又坐回聯合國祕書處的老位置。現在，面前擺著一份祕書長的報告，標題是：自然災害領域人道主義援助從救濟向發展過渡的國際合作。一個字都看不下去。

這一年的前塵往事，一時回到眼前，能不恍如隔世？

人在路上，即使再不順心，也比坐屋子裡好。

就像今天早上，規定時間我必須在九點鐘以前報到上班，八點四十五分，車子開到羅斯福高速道（FDR，曼哈頓東邊的南北公路），一離開一百二十五街交流道出口，便見前路一片車潮，應該鬱悶煩惱才對，事實不然，我鬆開油門，加入塞車行列，自問心情坦然，尤其是在三區大橋（Tri-boro Bridge）的引橋下，又遠遠看見那名久違的黑人觀念藝術家，上身一絲不掛（氣溫只有攝氏七度），兩手各自握拳，兩腿馬步半蹲，銅雕一般站著。雕像後面，空擺著一張只剩三隻腳的摺椅，左邊是一架嬰兒車，右邊用塑膠花設了個靈堂，材料大概都是垃圾堆裡撿來的。此君大約四十出頭年紀，我看他風雨陰晴從不缺席的演出，怕也有十幾年了，雖經常翻閱《紐約時報》藝術版，一直沒發現有關他的報導，看來他絕不是視爲登龍捷徑才這麼做的了。

仔細計算，從一九七八年九月開始，到三年前退休，羅斯福高速道從四十九街（聯合國地下停車場入口）到一百二十五街這一段，少說也開過兩、三萬次，而且，十次有九次都免不了陷入牛車陣，可是，似乎到今天也未曾產生過深惡痛絕的感覺。原因實在不複雜：這條路上，有不少東西可看。

二、三十年間，這條高速道的周遭，有過不少變化，路面常年修補不在話下，因爲這條道路的使用率，可能世界第一。最大的變化要算它與東河之間的休閒地段。也許猶太市長科奇任內已經規畫，但眞正做出成果的是義大利裔市長朱利安尼。沿著東河的南北海岸線（東河其實是海），古典造型的路燈照明設備，把這條原來荒涼的狹長地帶變成一條慢跑、散步的公園道，加上各種行道樹、花壇、草坪和靠椅，不要說附近的居民，連塞在車潮裡的通勤者，都意外收到瀏覽風光的情趣。

多年觀察下來，我也有了意外的心得。我發現這條海岸公園道，居然按照使用者的社會、經濟地位，儼然劃分爲三段，而且，幾乎沒有例外，不同地段的使用者，又儼然代表三個不同的階級，各有其使用、享受的辦法。

從四十二街往南，直到唐人街附近的布魯克林大橋，這一帶的居民，主要集中在五、六十年代開發的大批高達幾十層的居民公寓樓，這是紐約中層白領階級養兒育女生活起居的大本營之一。由於人口密度大，而且海岸線與公寓樓之間還有不少土地可供利用，於是開闢了各種頗具規模的運動場地，有的還有夜間照明設備。這一帶，行車通過時，經常可以看到、聽到大人小孩玩球類運動的歡呼吶喊，好不熱鬧。

從四十九街往北（四十二街到四十九街靠海這一段，是聯合國總部建築和園林占地），到九十六街以南，是紐約上層階級盤桓享有的地段。這一帶，燈光最亮，園道最乾淨整齊，花樹花壇的用材也比較講究。開車路過這片地區，往海邊一望，主要兩種活動：慢跑與遛狗。慢跑者的身材標致性感者居多，人種則以白爲主。遛狗者，衣著光鮮自不在話下，狗的品種也多稀有高貴。

紐約市長的官邸就建在東河邊不遠與九十街銜接的地帶。這個地標頗有象徵意義，因爲，從此往北，建築物益顯老舊，平均收入也急劇下降。海岸邊的活動變化更好玩，尤其在夏天，可以看見東河岸邊的欄杆旁，站滿一排黑人，手持釣竿，釣絲甩向大海，這好像已經不純粹是消閒，有點經濟生產意味了。一百二十五街出口是羅斯福高速道的北界，一百二十五街，老紐約都知道，正是哈林黑人區的心臟要道，海邊釣魚的閒人，大多就從那一帶晃過來的。

人在路上，心情所以偏好，也許是因爲趕路的時間，只有一個單純的目的，既然不必太費腦筋，腦筋便解放出來，游刃有餘，向其他方向發展。

我的整本袖珍小說集，每一篇一無例外，全是在羅斯福高速道每日必定塞車的情況下想出來的。

人在路上，本身就是小說題材。《西遊記》是最明顯的例子，唐僧西行之前，東歸之後，誰都留不下什麼印象，所有千奇百怪的故事，全發生在路上。《水滸傳》裡面最引人入勝的故事，也多發生在路上，林沖夜奔好看，一換了神行太保，那旅程就索然乏味。

人在路上，文學的餘味來自東張西望、胡思亂想的那片空間。

川端康成的《伊豆的舞孃》，之所以產生宛轉低徊的效果，自然跟那段無邪的山路情有關，若是沒有那段山路，整篇小說的格調也便同一般言情小說沒什麼分別了。

旅程自然是西方文學的一大傳統，從荷馬史詩《奧德賽》到康拉德的《黑暗的心》到福斯特（E. M. Forster）的《印度之旅》，都繞著一個旅程（trip）做文章，只不過，從古到今，旅程越寫越深入人「心」罷了。

我聽說，美國現在有這麼一種人，也許對現實世界的所有規章制度完全失去了信心，他們寧願放棄人間的一切社會聯繫，買一條船，帶著孩子，到天涯海角去漂浮流浪。他們深信，只有這樣做，才能擺脫一切虛僞、欺騙和污染，讓下一代取得眞正的知識，成長爲眞正的人。

這個做法，當然不是所有人都能實行的。不過，這個極端的例子，是不是也足以說明，爲什麼我總會這麼感覺——人在路上，心情往往偏好。

也許，從反面再說說這個道理吧。

雖然不必經常上路，如能把自己的注意力，從一個國家、一個社會、一個公司、一個家庭或甚至於從一場選舉裡不時割離出來，或許也就是踏上新旅程的開始。

逍遙遊不必一定大鵬展翅，偶爾閉上眼睛，蒙住耳朵，天地便意想不到地廣闊了。

我終於開始安心讀祕書長的枯燥報告了，因爲我知道，兩個月後，我又可以上路。

微雨巴黎

這個禮拜，到巴黎參加中學同學會。

巴黎不是第一次來，但也不很熟習，除了聚會節目，有不少時間自己逛，不過也像觀光客一樣，一本導遊書、一張地圖，按圖索驥。我的中學同學，雖然沒什麼人飛黃騰達，但因為大家都接受了一種抗戰勝利後流行的人文教育（這種教育有兩大信條——第一，愛國；第二，求生存），做人步步為營，做事按部就班，因此，每個人到了這個年紀，都成了安分守己的中產者，如今雖已兩鬢飛霜，事業家庭卻都有個眉目，聚在一起，無非敘一敘少年不更事時代的舊聞趣事，國事方面發點不傷大雅的牢騷，人生方面談一談餘年的生活安排。總之，有點無趣。但也有個好處，不必也無從產生任何遺憾。

巴黎卻是個讓人產生遺憾的城市，因爲它太美了。微雨的巴黎尤其使人惆悵，站在塞納河橋上（隨便哪一座橋），兩岸風景依稀，卻意外覺得一切恍恍惚惚失去了焦點，世界安靜而無奈，彷彿心甘情願，默默接受灰濛濛的統治。

在微雨的巴黎大街小巷閒步，一個老朋友的影子突然浮了出來，一旦浮了出來，便再也不肯消失。因此，艾菲爾鐵塔下有他，羅浮宮穿廊裡有他，凡爾賽宮的噴泉雕塑旁邊，即使那天遊人如織，他好像也坐在那裡沉思。

從一九六二年離開台北，四十年間，只會過兩次，一次在台北，一次在巴黎，兩次其實都沒能好好談談，他的影子，在我重遊舊地期間，卻始終拂之不去。

一九七五年春天，我奉命出差，路經巴黎，給他打了電話，雖然相聚三天，卻沒怎麼說上話。人生的遭際，往往不容分說，那三天相聚，我感覺到一些什麼，好像說不出來。他肯定也感覺到我的感覺，結果也沒有說什麼，就這樣，見了面又分手，見面前的期待，總覺有點落空。可是，十三、四年不見面的朋友，見了面，爲什麼最關心他的問題，卻說不出口呢？

恐怕又得再耍一次賴，把帳算在那個時代身上。

ＴＣ是學音樂的，五、六十年代的台北，追求音樂的人，本就鳳毛麟角，而那個年代，爲音樂瘋狂的人，往往還有點時代特色，眞正追求的，似乎不是單純的音樂，還帶上些別的什麼。這就跟我這個熱心聽音樂但並不以音樂爲職志的人一樣，總想從音樂裡找些音樂裡可能根本就沒有的東西。也許因爲彼此都有這麼一種脫離本業卻又想藉本業獲得超昇的心情（我當時的本業是哲學），我們的友情，幾乎可以說，一拍即合。

台北新公園西門外衡陽路一家店面的二樓，是我們每天碰頭的地方，小說《浮游群落》裡的「夜鶯」，即以之爲原型，叫做「田園音樂咖啡廳」。

每天的節目，其實也蠻呆板，花五元台幣泡一杯龍井，一直續水到打烊，間中大家也很少交談，除了換唱片的間隔，這批惡客都乖乖坐在塑膠皮椅上默默打著拍子，腦子裡各自胡思亂想。說它是個消閒所在，不如說它是個半吊子的精神療養院，直到田園打烊後的逛街消夜，才算恢復正常。

ＴＣ儼然是我們一批人的老大，廣東人，身材不高，可有一副好嗓子，說話聲音鏗鏘有致，頗具威嚴。尤其因爲他是泰國華僑，家裡每隔段時間寄來一張美金支票，一到消夜時間，大家便跟他走，這權威地位，自然更加鞏固。除了這個，ＴＣ還是一個有固定職業的人，他在軍中廣播電台有一個古典音樂欣賞節目，又跟四海出版社簽合同，編選世界名歌精華之類的書。

我當時唯一的貢獻便是做翻譯。

田園斜對面，有一家日據時代留下來的「三葉莊」旅社（那裡的芋頭冰淇淋，台北第一），ＴＣ不時在那邊開一間房，我跟秀陶（詩人，當時是台大商學系學生）便給關進裡面，靠著幾本辭典，有時譯歌詞，有時從唱片封套上摘取音樂導聽的資料。膽子也可以說夠大，秀陶的法文和我的德文各上過兩年而已，他居然敢碰波特萊爾，我譯歌德也毫不緊張。

ＴＣ還跟台灣省立交響樂團的黑管高手學樂器，並自修作曲，那時便常夢想著巴黎了。

一九七五年的巴黎相會，我始終開不了口的，便是他的音樂生涯。

到巴黎快十年了，ＴＣ從沒有上過音樂學院，他在各處的唐人餐館打工，打工賺的一些餘錢，大多花在賭馬上面。ＴＣ跟一位台灣來的小女生住在一塊兒，在一座六層樓的閣樓上，空間捉襟見肘，我便在他的客廳兼廚房裡，睡了三天行軍床。那三天，除了敘舊，還是敘舊。我不敢提音樂，他也絕口不提。上班時間到了，他便把我交給他的小女朋友，小女朋友帶著我到拉丁區、蒙馬特到處亂逛，我也不敢向她打聽ＴＣ的音樂事業，她也不提。她自己是學藝術的，給我介紹了不少與巴黎有關的文藝掌故。雨果曾在這裡吃飯，海明威經常在那兒喝酒，畢卡索因爲付不起錢，給那家咖啡館畫過柱子之類的。

送我到機場的時候，才說了這麼幾句話。大意是，洛陽親友如相問，「告訴他們，想學音樂，千萬別來巴黎」云云。

我甚至沒來得及告訴他，台北，我已經回不去了。

然而，我後來終於又回了台北。一九九五年吧，居然在一桌酒席上見到了ＴＣ。人是發了點福，頭髮勉強遮住了半個頭，聲音卻不見蒼老，只修辭方面講究多了，廣東人的所謂粗口，全沒有了。

我其實根本無意打聽，他卻主動介紹自己，不是向我，向全桌有點來頭的那些「人士」。他現在負責一位法國華僑名流的公關工作。據說，這位名流，曾經因爲公開競選法國總統而大出風頭——至少，海內外的華文報紙，都熱心刊登了這則奇人奇聞。

我當然也沒有打聽他的音樂生涯。只知道他的那位可愛小女生，也早已離開了他。

七月巴黎的雨，讓人瑟瑟發抖。滿城煙雨中，紀念英雄豪傑的樓台，被來自全世界螻蟻一般的觀光客包圍著，歷史上的豐功偉業，頓成古墓幽魂。反倒是我這個一事無成的朋友，那個閃閃爍爍飄浮在微雨巴黎幽暗角落裡的身影，給了我一點點「活著」的感覺。

閒步塞納河

在紐約散步，尤其是曼哈頓，你不會想自己的未來。紐約就是現在，不必向前看，不想往回看，尤其是曼哈頓，曼哈頓只有眼前，只有當下，你不會想到人類的前途，世界的極限。就算是「九一一」吧，作為歷史性的當頭棒喝，那強大威猛的震撼，也許你驚惶失措，也許你錯愕四顧，你不免瑟縮，不免疑懼，不免憤慨，不免焦慮，然而，這一類的情緒反應，不論震央來自何處，震幅即使無限擴張，卻好像還在眼前，還在當下。所牽動的，仍然是存在本身的鋼絲琴線，所觸及的神經網絡，只達到金融、經濟、社會和政治的層次，永遠提升不到人文精神世界。

這次旅行，在巴黎塞納河兩岸走了幾天，我沒有帶著任何問題來，我原無任何期待。然而，奇怪，一種本質上完全不像紐約的散步，卻出現了。

到巴黎的當天下午，剛放下行李，剛拿到地圖，眼睛便望著艾菲爾鐵塔，想像著一條散步的路線了。

紐約是一個直線與橫線構成的棋盤式的城市，在棋盤上行走，起點與終點一目了然。巴黎是個星狀放射的城市，每一顆星，既是起點，又是終點。起點與終點之間，沒有距離，只有時間。

歷史靜靜地羅列在塞納河兩岸。這就是巴黎，一個文化與藝術勉強對抗著商業全球化大潮的城。

離開巴黎的飛機上開始回想，發現了一個行動當時不曾想到過的有趣現象。

第一天的散步，我走了一條時間的路；最後一天的散步，所走的路線卻是空間。這樣的選擇並非出自有意識的經營，然而，說是巧合，卻也未必。

從艾菲爾鐵塔走到凱旋門，再經香榭里舍，右拐，走亞歷山大三世大橋，過塞納河，走進軍事博物館，最終來到拿破崙墓。這一條散步路線上，走快走慢走了多少路都無所謂，因爲從頭到尾，彷彿只在時光隧道裡穿梭。

在巴黎的十一天裡，從沒有發生過想要看一看「最新建築」的欲望。對於我，站在艾菲爾鐵塔下面，便覺得這已是法國歷史文化的出格。未來主義在巴黎，已經是古典。尤其有一晚，坐上塞納河上往來約一小時的游船，望著十點半以後才天黑的巴黎夜空中兀立著通體照明透亮的艾菲爾鐵塔，那一種未來，怎麼會那麼溫情，實在想不透。

也許，在巴黎，未來並不令人恐懼，它還是時間之流裡的熟習事物。人，不會相對變小，變虛無。

於是，來到凱旋門，又是一種熟習。長住巴黎的老同學說，她不喜歡拿破崙，正如她不喜歡毛澤東、史達林一樣。然而，拿破崙的凱旋門，對於我，也不過是人文歷史裡可以想像不難認知的熟習事物，雖然那重鎮式的建築壓著萬骨枯的歷史，這歷史，即便血淋淋（拿破崙曾有一天殺人上千的紀錄），還是有人氣的，它不曾走到時間以外的失控狀態，如庫伯力克的電影《二〇〇一太空漫遊》試圖探索的那個無底黑洞。

凱旋門前，法國人種了一望無際的梧桐（London Plane Tree，一稱法國梧桐），一直綿延到瑪麗安東尼伏革命之法的龔古爾廣場（即七月十四日刺客企圖暗殺閱兵台上的席拉克的那個廣場）。巴黎人在樹蔭下擺出全世界最羅曼蒂克的露天咖啡座，於今雖不免給夏暑蜂擁而至的觀光客污染，想到那種原始情懷的產生，還是讓人吃驚。試想，在世貿雙塔的廢墟上，美國人有可能設計出這樣的咖啡座？同理，在天安門廣場周邊，中國人有可能發展出這樣的咖啡座？

到香榭里舍散步，不能錯過Laduree。到二樓十八世紀宮殿裝潢的小廳裡喝一杯Laduree特製咖啡，嘗一碟色香味如同玫瑰的糕點，至少可以提升觀光客的境界。

第一天的路線終點選在軍事博物館（Invalides）和拿破崙的墳塚，無意中得出了完成感。軍事博物館陳列的勳章、圖片、武器，尤其是二戰期間戴高樂逃到西非奈及利亞成立自由法國流亡政府所使用過的那些地圖、服裝、宣傳品和通訊工具，每一件都像時間大流上漂浮的泡沫，等轉彎抹角走到最後進一座半殿半墓碉堡似的建築裡，一眼瞧見蓋世英雄所躺的那個古樓船模樣的棺木，所剩無幾的崇敬之心立刻化爲烏有，原來「浪淘盡」是這樣一種感覺——泡沫堆裡一個較大的浪花而已。

巴黎的最後一天，料不到走了一趟空間之旅。從蓋尼爾歌劇院（Opera Garnier）開始，到羅丹紀念館，止於龐畢度中心，相當於一個略顯歪斜的不等邊三角形——應該是二十一世紀的基本空間造型單元吧。

歌劇院建於一八六二至一八七五，建築師查理．蓋尼爾（Charles Garnier）年僅三十五，籍籍無名，居然展現了驚人的才華與魄力。最讓我驚異的是他對空間的處理。巴黎轉上幾天便知道，所有二十世紀以前的建築都受惠於石材，也受限於石材。石材能夠承重，能夠疊高，而且千年不壞，但石材本身體積太大，因此所有石建築都形成了外觀壯麗而內部局促的結果。這在文藝復興期前後倒是不成問題的，因爲那幾百年的西方人類，眼睛基本上是要向上仰望。十二世紀的大教堂，到了十八世紀依然有威嚴，人一進教堂只要心生畏懼便達到了目的。法國大革命之後，世界發生了變化，這樣的空間格局，罩不住了。蓋尼爾的空間觀在這裡有承先啓後的作用，他無法不用大理石，他只能在大理石的色彩上做文章。然而，在先天限制的大理石砌造的空間裡，他把活動其中的人的眼光，從向上仰望的姿態引向舞台，這就是地上也可以創造天堂的思維轉化。不過，究竟還不能完全脫胎換骨，所以穹頂下還是留下了仰望的空間，後人才得以布置夏卡爾（Marc Chagall，俄裔猶太畫家，1887-1985）的壁畫。那一盞七噸重的水晶燈，遂成爲欲蓋彌彰的敗筆。

純個人的空間造型應該從羅丹的雕塑裡面去找。羅丹說過：「一切都是美的。老婦人，塌鼻子的人……都是美的。」熊秉明先生因據以區別出兩種截然不同的美學：「一種是要從特殊事物中發掘出個體的個性的美；一種是要憑藉特殊的事物追溯到普遍的典型的美。」羅丹的巴爾札克立像如今豎在紀念館外的園中，沒有台座，沒有光環，只是大地上一顆勇往直前的靈魂，當初完成時，幾乎遭到委託委員會的全票否決。然而，那種從石材礦脈裡直接湧現的人體，終究還是給人開拓了一個彷彿無限的空間。

這個無限的空間造型，到了龐畢度中心，再看二十世紀的雕刻，觀念又爲之一變。世界的無限開始萎縮，只剩下波摩多洛外圓內方的緊張造型。外面死死包圍，裡面掙扎突破。人的無限也不斷萎縮，賈科梅蒂的人像只剩下筋骨的變形，血肉精氣全部渙散，無怪薩特視爲經典，因爲剝除了天國地獄與人間，人的純粹存在唯有一條又細又韌的神經了。

到了二十世紀，巴黎似乎也在向紐約靠近，希望這只是個錯覺。

終點站

我從六十號公路開車往西，接近洛杉磯城中區時，趕緊注意路牌。這一帶的地標倒是相當醒目，向四面八方彷彿無限制平面擴張的城市，仍然在它的中心維持著現代都市的崇高形象。大廈林立的樣子，似乎是要提醒人們——這裡是心臟，一切脈動從這裡出發，又回到這裡，離開了這裡，便沒有生命。

然而，我今天要找的人，不在這個心臟裡。心臟地帶的邊緣，是破舊的老唐人街。跟世界其他大城市的唐人街一樣，早期的華人移民，始終占領著大城市邊緣原先蓬勃而今沒落的地方。不過，雖然沒落，卻永遠不被淘汰，有一種莫名其妙的生命力，維繫著幾十年來既不擴張也不拆除的破舊建築和街道，收容著並不斷替換著一批又一批從老唐山、新唐山甚至海外戰亂地區的唐山陸續流亡來的華人。我要找的人，就在它裡面。

「你走上一〇一號向北的公路以後，沒多久，就可以看見『聯合車站』的出口。順著出口，向右轉進來，車站在右手邊，我就在大門口等你……」他在電話中詳細說明了路線，口氣中透露了他的擔心。

「放心吧！」我說：「我會找到你的。」在加州讀書那幾年，北加州南加州這條路線，不知跑過多少次。這一帶的地圖還在腦子裡。

沒想到，聯合車站的大門，一字排開，有好幾個，每個大門都湧進湧出人潮，我跟他已經十幾年沒見過面，車子在車流裡，又不能停下來，怎麼找他？

我只得找地方先停車，再回頭到人堆裡去慢慢尋訪。

結果還是他認出了我。

「你倒是沒怎麼變，我一眼就看見你了……」他說，跟幾十年前一樣，還是處處護著我這個小老弟似的。

接著我上了他的車，兩、三條街口之後，在唐人街邊緣的一幢五十年代蓋起來的公寓式建築前，開進了地下層停車場。一架老舊Otis電梯把我們載到二樓，拐彎抹角，像在胡同裡找門牌，終於，他掏出了鑰匙說：「到了，這就是我的終點站！」

我明白他說的「終點站」是什麼意思。決定來看他之前，曾在電話裡聽到他的自嘲：

「等走不動了，不就自動接上去，變成被照顧的對象，連家都不必搬了……」

這是一座專門收容退休華僑的老人院，他的現職是管理員，每週上班七天，每天八小時。從下午五點到半夜十二點，他必須坐在管理員辦公室裡。

「沒什麼特別事情，登記登記，接接電話而已，運氣不好的時候，也要叫救護車，不算麻煩，熟了就好了……」他說。

他的房間，倒還寬敞實用，基本上分成背貼背的兩間。一間是廚房兼飯廳，他在飯廳的位置放了張書桌，吃飯看書兩用。另一間，一張雙人床墊擺在地氈上，對面靠牆邊放了一套音響設備。

「有音樂有書有地方睡有飯吃，什麼都不缺了。我是不看電視的。」

回想起來，相交至今，差不多四十年了，雖然不常相聚，總覺得有點什麼特別的東西，把兩個人牽連在一起。就算近幾年，已經逐漸退化成一年一卡的淡薄關係了。可是，一碰到機會，還是會主動聯絡，設法見個面。不知道要聊什麼，卻還是想聊聊。

幾十年的相交，彷彿只剩下幾張幻燈片似的圖像。甚至不像幻燈片，更像古老的西洋景畫片，十年左右才換一張。最初的一張，最清晰生動。那時候，他大四我大二，他領著我一道，合編一份學生雜誌。我那時連楷體、仿宋體都弄不清楚，他卻是老手，甚至，在那個時代，不但全能，而且前衛。他設計的封面像康定斯基，插圖用的是保羅克利，他的詩像E．

E·康敏斯，小說像D·H·勞倫斯，散文像波特萊爾。一本雜誌他寫了一半。從訓導處領到編輯費的當晚，兩人在圓環合力幹掉了一打生啤酒。

十年後，第二張西洋景，他還是活得遠遠超前。在我住的留學生宿舍裡，一吆喝就聚攏了十幾個人，兩部車浩浩蕩蕩開往舊金山百老匯大街，一晚上下來，脫衣舞加飲料，開銷上千。他掀開西裝上衣的內層密袋，掏出來一疊百元大鈔，一個人包了全部開銷。那時候，他在西貢開工廠，發戰爭財。

又過了十幾年，我們在洛杉磯郊區他那座花園洋房的游泳池邊上Bar-B-Q。二十歲的女兒照顧客人無微不至，十七歲的兒子，在月光下彈著吉他，越南華僑出身的老婆那時經營一家比薩店，他自己的房地產生意也蒸蒸日上。一晚相聚讓我覺得，他這個家必然永遠興旺發達，他是個打不倒的人。我記得他渾身上下精赤結實地站在水溫華氏七十度的藍色游泳池裡對我說：

「那天，兩夫妻站在舷邊，望著無邊無際的太平洋，我欲哭無淚。什麼都丟光了，最後一架直升機降落後，美國軍曹保護我們往上衝，臨上機，硬逼我把心愛的最後一件寶貝——我的萊卡相機——給扔了。除了一身衣服，什麼都不准帶，就這麼上了美國軍艦……。老婆安慰我說，不管丟了多少，都可以再賺回來……」

我也完全相信他，他是我心目中任憑風吹雨打都不會倒地不起的那種人。

我在他的「終點站」消磨了一個下午，直到五點差五分，他必須上班，我才告辭。

那幾個小時的時間，我們之間的談話，並不十分舒暢。有些話，他說得不清不楚，有些事情，他好像也不想讓我全部了解，奇怪的是，即便是如此不順暢的交流，我卻不覺得隔，反而讓我感受，也許，這才是我們之間第一次的平等相處。

我知道，他的兒女都已各自成家，一個住在夏威夷，一個跑去了阿拉斯加，也許兩、三年才見一次，或者感恩節，或者聖誕節，總之，跟一般美國人的家庭一樣，反正，他早已入境隨俗，並不爲此不舒服。老伴爲什麼分手，比較難以理解，他的解釋，聽起來有點牽強。

「不過就是有一次，在我的內衣上，發現了兩根女人的長頭髮，這麼一件小事，鬧個不了，既然這樣，拉倒算了……」

我的直覺告訴我，事情不可能這麼簡單。我的直覺而且警告我，相交這麼多年，到了此刻，如果再不追根究柢，我們的關係，可能永遠停留在傾斜的不平衡狀態。也許因爲他寂寞，也許因爲我堅持，也許兩者都有，總之，終於聽到了他的徹底的告白。

「告訴你，褲襠裡的那傢伙，已經不太蠢動了。照理，日子應該平平靜靜才是，卻沒那麼簡單。你有沒有發現過？現在，十二、三歲的小女孩兒，眞是動人得不得了。你看看她們的線條，她們的顏色、唇邊、鼻翼、眼梢到眉角，額頭上細細的髮絲柔軟服貼地納入耳朵後面，她們的手，她們的頸脖，兩條皙白的小腿在太陽底下划動著……我每天活在這些幻覺裡，覺得自己像二十出頭的小夥子一樣，看到她們便小鹿亂跳……不上班的白天，我就往人多的地方去尋，恨不得……」

我開車插入了一〇一號公路的下班潮，隨著蠕動的車流緩緩移動。反光鏡裡，高樓大廈的城市心臟身影，一點點退出視線，眼睛的餘光，似乎還捕捉住老舊破敗的唐人街，在夕陽餘暉中，閃著銀光。

平安夜

高中時代，在台北，聖誕夜就是舞會夜，除了極少數基督教徒，同學之間，唯一的期待，就是受邀參加或自己組織一個舞會。

這一類的舞會，以今天的標準看，也很別致，幾乎可以當成觀念藝術看待。沒有樂隊，沒有酒，甚至連冷飲都沒有，也許只有一個大茶桶。如今流行的搖頭丸什麼的，當然更不必提，那時連大麻都還沒聽說過。香菸是這個神聖儀式中最大膽創新的標記，它代表反叛代表瀟灑代表獨立代表成熟。那時，抽菸不必避開別人，不必跑到屋外冷風中去。那時，當眾掏出一包新樂園分敬同學的人，立刻成爲學生領袖。

舞會的地點與布置方式，也很觀念藝術。

最典型的是借用一間教室，最有特色的是幼稚園的唱遊間。

那時候的幼稚園，全台北市沒幾家，規模都挺大，唱遊間因此面積不小，最方便莫過於牆上早已掛滿貼滿小朋友的藝術創作，天花板下面也可能早就懸掛了花花綠綠的五色彩帶。只需把小朋友上課用的小板凳沿牆四周一排，把強尼．麥修斯的磁性情歌一放，這個燈光本就昏暗不明的小小空間，就足以成爲天堂。當然，你至少得掌握幾個基本舞步。不過，要求不高，吉魯巴熱熱身，轉到慢四步，就差不多可以定終身了。

可惜，那時的我，連這兩種戀愛基本功都不會。聖誕夜也有幾次受邀的經驗，不去也不行，好大的面子呢，何況，又是個體驗人生的寶貴機會。去是去了，只偷偷躲在牆角落裡跟心情、能耐相類的人下五子棋。

高中時代至今，幾十個聖誕夜來了又去了，卻始終不再有那種又在天堂又在地獄的感覺。

聖誕夜，尤其近幾年來，竟眞的是平安夜了。

美國人的風俗，除夕夜是屬於年輕人自己的，自己配對兒狂歡。聖誕夜卻是全家共度的，孩子們無論遠走高飛到天涯海角，這一天都得設法趕回家。今年，我們家也不例外。

老大住的地方，本來不遠，但是，聖誕節前兩個禮拜，他們公司花了二十五萬美金買了部數位印刷機，必須出差到芝加哥去接受短期操作訓練，直到二十四日下午才坐飛機趕回來。一進門就嚷嚷：「你們運氣不好，今年沒時間買禮物了……」

老二處理送禮的方式也不怎麼有人情味。一週前，信箱裡收到兩封來信，兩老一人一封，一人一張五百元Nostrom（百貨公司）的禮券。意思很清楚：誰知道你們心裡想要什麼，自己挑吧！

不過，能回家過節，已經不錯了。何況，我自己選禮物其實也沒花什麼大心思，無非趁中飯休息時間，往附近的Barnes & Noble（連鎖書店）逛逛，一面選禮物，一面還可看看新出版的書當中，有什麼自己可以要。

我給老大選了本回憶錄，Edward Seidensticker 的自傳《Tokyo Central》。Seidensticker可能是當代美國人中最偉大的日本文學翻譯（有人認爲Donald Keene更好，我不同意）。如果不是他，我對日本文學的了解至少要打對折，因爲，到現在爲止，中國人的翻譯工作，包括台灣在內，都比較粗糙。我曾經拿他譯的《細雪》（谷崎潤一郎長篇小說）與北京和台北不同譯者的中譯本參較，發覺不少地方，中文讀不懂或意味含糊的地方，看了Seidensticker的英文才明白。買這本書給老大，一來是老大讀大學時也聽過Seidensticker的課，主要還是因爲，老大是文學系出身，卻做了生意，這幾年，他經營的印刷廠從三、五個人擴大到五、六十人，頭腦裡的文學細胞已經快絕滅了。我的動機不能說沒有自私的成分。總希望，除了洋基棒球、老虎伍茲與姚明，還有些別的共同話題。

給老二，我選了Eric Liu寫的《Accidentally Asian》。Eric Liu是我中學同學劉兆漢的姪兒，耶魯畢業，曾爲柯林頓寫過演說稿。老二這一年急流勇退，從職場上跳出來，閉門寫小說，他的小說稿我讀過，裡面有個閃爍不定呼之欲出的主題，亞裔人的存在矛盾。這個矛盾與六、七十年代我碰到過的所謂ＡＢＣ（American Born Chinese）有著質的不同，它不是那種認同危機。老二他們這一代，認同上已經沒有危機，他們從政治、社會、經濟層面向內深挖，甚至從文化歷史層面挖向哲學宗教，老二有個短篇寫製陶，陶器成爲人生和諧的最高象徵，結局的安排是把骨灰放進了造型完美的陶瓶。

美國人的聖誕夜，上教堂的上教堂，全家人團聚也許唱唱聖誕歌曲，也許吃烤火雞也許看那部每年百看不厭的詹姆史都華老電影《It's a Wonderful Life》，從沒聽人說開舞會。台灣五、六十年代年輕人的舞會文化，也許只是台灣早期西化運動中一個有象徵意義的潛意識動作吧！

除了交換禮物，我們家今年聖誕夜，我特意安排了一個節目。

一面吃麻辣火鍋（一包台灣產的麻辣鍋高湯料就成），一面看電影。

我選了張藝謀導演的《一個都不能少》。

這部電影（當然是錄影帶）在這樣一個場合同看，效果眞的不錯。

電影根據施祥生的小說改編，廣西電影製片廠出品。我相信內容不可能完全出於虛構，因為那些細節不是人腦袋能夠揑造出來的。故事講赤貧山區一名小學代課教員（十四歲）不避艱難險阻到城市裡把逃學學生找回來的經過。

故事情節，對兩個兒子而言，沒什麼驚人之處，跟好萊塢要求一個編劇人用一句話說出一個電影故事的方式差不多。對兩個兒子而言，場景和人物簡直像外太空人看見地球，或像人看見亞馬遜河熱帶雨林中一種新發現的動物物種。

女代課教員最後找上了城市裡的電視台。當她對著攝影機向不知流落何處的逃學學生廣播喊話的時候，我偷眼看兩個躺在火爐邊沙發椅上看電影的兒子，發現在社會上混過幾年，因此心已逐漸僵硬的男孩，眼睛裡噙著淚水了。

今年的聖誕夜，天色灰濛鉛沉，夜色墨濃。第二天，太陽還是出不來，卻從中午起，紛紛揚揚撒下鵝毛雪花，沒多久，樹林、草野、四鄰的房屋和拉向遠方的道路，竟白茫茫一片大地眞乾淨了。

不知老之將至？

上禮拜的「紐約眼」出了點小洋相，文章寫的是橫行美東兩州的恐怖冷槍事件，定稿時間是十月二十三日晚，傳眞後倒頭大睡，一覺醒來打開電視，ＣＮＮ報導嫌犯兩人束手就擒，被捕的時間正好是我伏案寫作的時刻。此外，寫那篇文章之前，讀過一些美國報章雜誌的分析，無形中接受了「學者」、「專家」的想法，腦子裡形成了意見而不自覺，竟認定凶嫌必然是所謂的「殺人魔」（serial killer），眞相大白後，專家們異口同聲說：這兩個人，絕非經典意義的殺人魔，而應該是異想天開、突然發狂的「社會失調分子」（social misfits）。

按常理，我還有時間重寫，或至少發信更正，然而，一轉念，又覺得何必。專欄的目的既與預言無關，失誤就失誤吧！

這一段心理過程，在腦後胸臆之間轉悠了幾天，忽然一天，一件小事，引發了自己的覺悟：唉呀！你有點老態了吧。

小事是這麼回事，那天，四個老朋友相約午餐，一坐下，你望我，我望他，都說：你點吧！這兒的菜，我不熟。終於發現，四個人都忘了老花眼鏡，沒有人看得見菜單上螞蟻般的小字。

某聖人不是說過：其爲人也……不知老之將至云云。

我從來就認爲，這句話，不無說謊的嫌疑。

怎麼可能「不知老之將至」！

誰沒有過一洗頭便滿浴盆落髮的驚心動魄經驗？我想，十個女人有十個，十個男人至少也有九個，還不是悄悄關著房門，細心把慘不忍睹的黑髮、白髮一一沖刷乾淨，務求不留痕跡。

關著房門照著鏡子再戴上老花眼鏡，認眞地把頭上的白髮一一拔除的經驗，想來也是個普遍現象。日本小說家便著力寫過這種場面。拔白髮拔到心神恍惚，終至於剩下個毛孔滲血的禿頭。我甚至記不得是誰的神來之筆了，芥川龍之介？谷崎潤一郎？還是川端康成？

三位名家都是寫「老」的高手。芥川雖然英年早逝，他的「老」，來得也早，而且慘烈無比，坐在公共汽車上，便看見自己的腦子裡，大大小小，齒輪咬著齒輪，無可挽回地不斷轉動。

谷崎寫「老」，寫出了異美境界。整部《瘋癲老人日記》，整部《鍵》，所寫的無非是老化加諸人心的種種變態掙扎。

我始終忘不了谷崎小說中藥品知識的豐富。吃藥，每天定時吃各種不同的藥，似乎成爲人生某個階段的祭典。如此隆重嚴肅的大事，爲什麼我們的聖人視而不見？

川端的《山之音》更是寫「老」的經典作品。散步的主角，忽然看見自己的頭顱，掉在地上，像一朵碩大的向日葵，無數葵瓜子瞪著你，彷彿一地的眼睛。老年的恐怖，可能比超現實主義畫作把內臟血淋淋全部暴露體外，更要怵目驚心。

而我們最偉大的聖人，居然完全沒有這一面。

且看夫子自道。

四十便不惑了。不惑是什麼意思呢？

應該是心中徹底掃除了懷疑主義吧。比較起來，似乎還不如成日悽悽惶惶的韓愈可愛。「年未四十而髮蒼蒼、視茫茫、齒牙動搖」，至少還有點寫實主義的精神。

寫實主義如果發揮透徹一點，便應該看見：皮膚上濃淡參差的老人黑斑，捉迷藏一樣，專選你不注意的時候，專挑你不注意的地方，一塊塊冒出來了。四肢的關節，忽然一天，便不那麼理所當然了。眼角、嘴邊的皺紋，漸漸擴散，像製造著精美瓷器的釉下冰裂紋。頸部的肌肉，天天朝火雞脖子看齊。抽菸的人更不必說，喉嚨總有口吐不乾淨的濃痰，即便大汗淋漓運動一場，肺部的伸縮收張，範圍和幅度已不似當年。

且不說每年體檢後，面對笑容可掬的醫生，當面投送過來的，那一種似憐恤似慈悲的可疑眼光。

「五十而知天命」？

首先，天命如可知，豈不是已達通神的境界，然而，「子不語怪力亂神」，既然談都不談，怎麼一到五十歲便通了呢？意思也許是說，人過半百，便知道自己開始走下坡路了，一切都不可爲了吧。那不是遠不如道家來得痛快嗎？道家的人生是一開始便採取了放棄的態度，至少省下了五十歲以前的徒勞無功，尤其是那種「熱中」、「執著」的醜態，豈不是早免了好？

我從來就不明白「耳順」兩字如何解，因爲我從來沒見過六十歲以上的人不願意聽奉承話，而且，對於甜言蜜語，地位越高，越難拒絕，可以說是普遍的人性了。聖人也許是天賦異稟吧，也許修持功夫爐火純青了吧，不妨這麼作同情的了解，然而，好話壞話聽在耳裡都無動於衷，可能嗎？人只能站在旁觀者的位置，看「天地不仁，以萬物爲芻狗」，人不可能成爲「天地」，這是最簡單的邏輯規律。沈從文以小說家的眼光，俯看人間苦難，行文用字無絲毫煙火氣，他有這種說服力，六十而耳順？可信度不高。

夫子活了七十三歲，所以，他「從心所欲而不逾矩」的時間，一共不過三年，然而，仔細一想，用這八個字形容那面對死亡的一千多個日子，有沒有誇大失眞的嫌疑？

別的不說，就從臭皮囊這個最低層次分析，在缺醫少藥的那個年代，老人家身體裡的內分泌系統早已枯竭萎縮，心臟的跳動也不再規律而有力，這三年，看來是苟延殘喘的成分居多，心或有餘，力已不足，是每天都得面對的尾聲殘局。尤其是生產睪丸酮素的細胞，多已死滅，欲望從何而來？心既已衰，欲也難求，又如何「從心所欲」？

所以，夫子自道一生的那個冠冕堂皇的境界，不可能當做現代老年人的生活典範，充其量，只能看成名人格言或座右銘一類的東西，印在青年模範日記的扉頁裡，騙騙小孩子罷了。

西方有所謂aging gracefully（從容老去？）的說法，卻是夕陽族銀髮族可以接受的安慰。五十歲以後的奧黛麗赫本，急流勇退，大隱隱於市而依賴殘存的愛心生活，一面對抗癌症，一面出錢出力，跑遍世界上多災多難的地區，成爲聯合國兒童基金會的名譽代言人，身體終不免雞皮鶴髮、形銷骨立，所到之處卻似有光輝籠罩。

看來，對於根本無從處理又不能不處理的老年，也只有從「忘我」兩字勉強入手了。

嗨！你在哪裡？

這一次，她恰好在浴室忙，我接到了電話。一聽見那一頭的聲音，曾經本能反應要說：「我去叫她。」奇怪自己沒這麼做，卻對著聽筒喊：「嗨！你在哪裡？」然後我就知道，自己也陷入了那種抗拒了一個多禮拜的討厭情緒。

浴室裡那個人，忽然出現在臥室床頭的另一條電話線上。我乘勢掛上了聽筒，坐在椅子裡發呆。

「我在懷俄明，這裡什麼都沒有，除了牧場，還是牧場……」

這是掛電話以前聽到的，還沒來得及反應，已經聽見了她的哭泣聲。

窗外的天空，灰暗鉛沉，像要下雪，又下不下來。屋子裡的人造光，透過薄紗窗帘，打在落盡了葉的老日本楓零亂枯枝上，一陣風過，顫動不已的黑影，彷彿從荒野傳來了嗥叫。懷俄明，那個鳥不生蛋的地方，出走的兒子，現在也許在人跡荒涼的公路休息站上，也許在貨運卡車司機加油順便吃漢堡的快餐店裡，也許在一床一几連電視都不裝的簡陋汽車旅館裡，用臨行前媽媽硬塞進口袋裡的電話卡給她打電話。

「既然不好玩，就不如回來吧！」

我聽見她在房門未關的臥室裡對著如今已經是斷線風箏一樣飄得不知去向的兒子呼喊。

三十多年前，我也在懷俄明住過一晚。

那時，還沒結婚，還賴在學校裡做老學生，跟兩個朋友開車上路，環遊美國。

因爲貪路，我們錯過了原定休息的大城，等開到邊境地帶的小鎮時，已經快到午夜。我們在並不十分複雜的街道上到處亂轉，見到旅館的招牌就停下來打聽，奇怪的是，這鳥不生蛋的地方，居然連一間客房都找不到。問來問去才明白，原來方圓幾百里範圍內的獵人全部集中在這人口不到一萬的小鎮上開年會，一年裡就這麼一、兩天，居然給我們趕上了。更詭異的是，沿公路幹線兩邊建成的這座小鎮，似乎只有東西兩個出口。東西兩個出口看起來，尤其在那天青白的月光下，完全一樣；一座教堂，加上一片墳地。我們從墳地進來，又從墳地出去，始終沒找到一個歇腳的地方。

然而，那時的我們，也不過二、三十歲，跟兒子的年齡差不多，都在好奇心仍然活躍而前景又特別混沌不明的情境裡，落荒的經驗，只有刺激，沒有哀愁。

兒子的出走，不過是自己歷史經驗的翻版罷了。

但是，爲什麼「嗨！你在哪裡？」竟然衝口而出呢？

想起了「九一一」那天，我正在家裡吃早餐，看《紐約時報》。兒子忽然來了電話。「你最好打開電視，不可思議的事情正在發生……」

我當時完全沒有預感，相信兒子也不可能料到，那一場彷彿天外飛來又彷彿與己無關的災難，不到六個月，就把兒子辛苦經營剛要起步的事業徹底沖垮了。

半年後一個晴朗的中午，兒子來找我，我們去了一家我喜歡的日本餐廳。父子兩人喝了一大瓶清酒，舌頭開始鬆動，兩個人都輕易說出了平常說不出的話，而且，居然沒有吵架。

「如果我是你，」我說：「我會給自己一、兩年時間，試一試本來已經放棄但總是覺得遺憾的那些事……」

「反諷的是，」兒子說：「賓拉登好像突然把我叫醒了，他好像逼我問自己一個問題：你這樣活著，快樂嗎？」

我們開始談他從來不跟我談的一些問題。他說他覺得自己從來沒這麼自由過，每天都有許多新想法，每個想法都讓他興奮得睡不著覺。他說他想做雕塑，想寫小說，想拍電影。

每當他說完一個想法，我便也像解放了一樣，把自己過去一個個興奮過又失敗了的經驗，毫無遮掩毫不修改地說了出來。

這以後，又過了半年多，兒子也不時過來，有時一塊兒吃個午餐，天氣好時便到他讀過的中學校園裡散步，或者拉上窗帘，同看一部四十年代的老電影。兒子的靈魂搜索之旅，跟我配合他的一些反芻，似乎在彼此人生的某一個境界裡，天衣無縫地吻合了。然而，我始終有個預感，這一切只是暫時的現象，只是通向某一個不可避免的爆發點的過程。我知道，因爲我經驗過自己的二、三十歲，遲早，那種明滅不定的未來，會像自我增值的重量，最終達到不勝負荷的臨界點，把他壓垮，也把我們之間不可能更美好的一切，全部沖刷乾淨。

一個多星期以前，不出預料，這一天終於到了。

兒子剛一進門，我便知道有不尋常的事情要發生。除了一身準備長途跋涉的打扮（他披上了平常極少穿著的滑雪用的夾克），又一箱箱書從車子裡搬進儲藏室。

「找定地方住下以後，再請你們給我寄過去……」

做媽媽的完全沒有心理準備，立刻垮了，兒子說：

「你這個女人眞是個災難……」

三十多年前那趟環美大行軍的畫面，浮現在我眼前。我記得，開過了六、七千英哩，串連了十幾個大學校園的「有志之士」之後，回到自己出發前的老窩，除了精疲力竭因此而稍有成就感之外，一切還是原封不動。想解的謎，還是沒解；所有的問題，依然沒有答案。

可是，彷彿是有點什麼不同的東西，告訴我，這一切，也許不只是歷史的重演。

再過幾天，兒子的車，也許就停在我曾經活動過的舊金山海灣岸邊，他或許把他沉重厚實的滑雪夾克脫了，在華氏六十五度的加州陽光裡，換上短褲T恤跑鞋，從漁人碼頭出發，向金山大橋的燦爛彩霞裡跑去……。

至少，我可以說，比起我父親跟我說過的話，我也許可以多一份自豪。從頭到尾，他老人家只會說：「你究竟要幹什麼呀？」而我呢，卻有那麼一丁點兒進步，不過是本能的一句問話：

「嗨！你在哪裡？」

見死不救

「早就該換水了，你怎麼見死不救呢？」她一手拄著真空吸塵器，眼睛盯著魚缸裡即將斷氣的五花鳳尾水泡眼埋怨。

這條魚，從買來到現在，已經養了五年。剛買來的時候，身體大小還不如一粒天津糖炒栗子，彩色也不夠鮮明，水泡眼像兩粒玉米，確實不像個名種，只不過那把四裂的鳳尾，略略下垂，雛形初具，才被我一眼看中。這五年，每兩星期換一次水，每次換水都不忘將缸內的污穢排泄物清理乾淨，光照水質各方面也可以說照顧得無微不至，缸內的沙石布置，除了美觀，也符合金魚生長的要求，此外，濾水器的裝置，水生植物的栽種，都花了不少心思，務求在有限空間裡創造自然生態的平衡。這一切，她雖然從不插手（除了我出門旅行暫時幫忙管理以外），卻多少看在眼裡。

她的埋怨，不是沒有道理的。

我用魚網將五花水泡眼撈出來，丟進抽水馬桶中，牠還掙扎著來回游，我閉上眼，壓下沖水的把手，聽見水沖完，再睜開眼，馬桶內的水面恢復了平靜，貯水箱內還響動著進水的聲音，我聽見自己的心臟猛烈跳動。

這是第一條。我腦子裡浮出了這個意念，還有五條。

這六條金魚，都購自唐人街一家華人經營的水族店。他們的商品，多從新加坡進口，而新加坡的金魚商人，經常跑北京。因此，從魚種的選擇和交配繁殖方面考慮，要在紐約這一帶找最純最新的名種金魚，我挑來挑去，最後總算找到我要的最佳供應商。

時間久了，摸熟了他們的規律。每月第三個星期四，他們開車到甘迺迪機場貨運部取貨，當天下午拆箱放入新缸，大約經過二十四小時，貨運途中受傷或生病的金魚，大致都已顯出徵兆，我如果在那個月的第三個星期六早上十點鐘趕他們一開門就到，一定能挑到體質最健康、姿態最完美的仔魚。這是我過去十年裡常常要做的功課。

十年前，下過一次大決心，把辛苦經營了三年多的一個幾乎美輪美奐的礁境水族世界，連根清除。

那個礁境水族世界，其實沒出什麼毛病，活珊瑚不但活著，還在生長繁衍，幾條點綴用的小丑魚，雖然未按我處心積慮的指示繁殖，至少逍遙快活，那條黃刺尾，經常游到海蝦設立的診所去接受寄生蟲治療，海葵、海星、海膽都活得開心正常。只有一樣，我按書創造的這個客廳仙境，藍綠藻失控。十幾年前，礁境養殖的人工設備還在發展的初期階段，生態平衡的控制技術未臻完美，我只能土法煉鋼，每天用一把剃鬍單面刀片刮玻璃，懶上兩、三天，便追趕不及藻類的繁殖速度，久而久之，實在不勝其擾。現在，我聽說只要上網，便可以找到簡單易行的工具和手法，但我已經死心過一次，不想回頭了。

缸空在那裡，又捨不得丟，遂一腳踏入金魚世界。

選擇金魚，也是經過一番考慮的。

養金魚有幾點好處。第一，成本低，一隻活珊瑚，即使最普通的，動輒要價二、三十美元，稀有品種更是沒有上限，而我這個人，確實不可救藥，見到稀世絕美的珍種，不買到手永遠寢食難安。金魚是水族世界的藍領階級，仔魚的價格，就算是名種，也不過三、五元，而我養魚，一向不買成魚，因爲我要仔細觀察牠們的全部生長過程和變化。

其次，礁境水族箱因爲要極力模仿重造近海珊瑚礁區的生態，要求十分嚴格。首先，爲求海水純度的製造，便得購置大批設備。水族箱空間有限，生物的新陳代謝活動必然產生破壞水質的有毒化學物質，這包括阿摩尼亞、硝酸鹽、亞硝酸鹽、尿素、蛋白質、胺、脂肪酸、酚及其他痕量化學元素。自然環境中，這些都不成問題，因爲海水體積大，有毒物質又有天生的硝化細菌加以吸收分解轉化，有害作用反成爲水生動植物的營養來源。人工環境中，養殖者主要靠一種稱之爲「生物過濾系統」的裝置，利用硝化細菌，將水中積累的阿摩尼亞等有害物質，分解成相對無害的營養物，從而建立有限世界裡的生態循環。

必須明白，一套「生物過濾系統」不是一套機械設備，牠本身就是一種活物，牠以水族箱內的動物排泄廢物爲食物，並消耗氧氣，排出牠自己的廢物。過濾器內的硝化細菌仰賴通過其中的水中之氧生活，水流一停，益菌立即死亡，水質變毒，就是世界末日。因此，礁境水族箱的濾水裝置，其水流量和速度，遠遠超過淡水水族箱，關鍵要領是：過濾系統的硝化能力應求與水族箱中的生物排泄量取得均衡。

這只是人工礁境世界的一個基本要求，此外當然還有許多設備，如金屬鹵燈光照明設備、蛋白質撇清器、協助活珊瑚光合作用的藍螢光管、自動加鈣設備……。總之，族繁不及細載吧。

一養金魚，這一切都不必煩惱。金魚是溫帶魚，缸中連加溫器都不必裝。如果純爲觀賞，不搞配種繁殖，全部工作只剩下餵食、換水、清缸而已。藍領階級確實比貴族階級好伺候。

但是，我們家的經驗是，幾十年來，從貓、狗、沙鼠、變色龍、蛇、烏龜、雪貂、金絲雀到各種魚類，小動物的飼養從未間斷，雖充滿情趣，也不免意外傷亡。動物與人一樣，有牠們的生老病死，主宰牠們命運的我們，生活裡的變動與日常喜怒哀樂，不可能不影響牠們的命運。佛家有所謂「表業」和「無表業」，則我們的言行舉止外在活動和內心潛藏的情感變化，不正是牠們隨時面對的上帝與撒旦。

我箱中的金魚，除了已經賜死的五花鳳尾水泡眼，還有黑白龍睛蝴蝶尾、紅頭帽子、珍珠鱗、血紅弓背琉金和獅頭藍鑄各一，平均年齡三到五歲，如今都在奄奄一息狀態。

二月初，我做了一個影響自己今後生活的重要決定，目前正摒擋一切，準備到我生長過且常年憂思難忘的台灣去，至少待個三、五年，親眼觀察，體會一個歷史時刻的到來。遂下狠心，自二月初開始，停止餵食、換水。

一向習慣共患難的她，忍不住抗議。

「爲什麼不送回魚店去？」

我打電話給唐人街水族店的老闆，懇請收留，他斬釘截鐵拒絕。

「如果帶回來什麼病，我們怎麼辦？」

他反問我。

不到兩個禮拜就要動身了。屋子裡，如今彌漫著揪心的死亡氣氛。

雪深心閒

屈指算來，這是在紐約度過的第二十七個冬天。也許是終於要告一段落了吧，這個冬天，從去年十一月第一場雪，到現在，無論是單日降雪量或一季降雪累積量，都進入十九世紀開始有紀錄以來的前三名。

兩星期以前那一場雪，連續下了三天兩夜，學校停課、公司放假、店鋪關門，東北部地區各大城的機場一千多次航班停飛，千里冰封，一片雪白無聲。停擺了的世界，彷彿末日，習慣了之後，又彷彿銀裝素裹，湮滅了人間污穢，平安祥和，竟似永恆。

氣象員在這場世紀大雪暴中，興奮莫名。本來嘛，什麼時候，輪得到他們擔任指揮官，發號施令，什麼情況下，由得了他們扮演上帝，預告吉凶禍福。然而，這是非常時期，平常收垃圾的衛生清潔人員，現在負責開掃雪車撒鹽清道，成了救世軍了。

雪停的那天傍晚，我鼓起勇氣，冒著心臟病爆發的危險，打開車庫門，在華氏氣溫二十度（三十二度爲冰點）的空氣裡，苦幹了三個小時，才將車庫到馬路之間車道上厚達二十多英吋的積雪，打掃乾淨。幸好一位老朋友前年往南搬家，送給我一部他此後用不著的Toro吹雪機，否則如果用塑膠雪鏟硬幹，八個小時都不見得能完成這件工程。

約略計算一下，車道長七十五呎，寬二十五呎，雪高就算二呎，全部予以鏟除，是三千七百五十立方呎。如果以兩鏟清除一立方呎計算，得揮鏟七千五百次。這個勞動，每一鏟至少包括下鏟、前推、上挑、遠拋四個動作。而雪地勞動，立足不易，使力更難，同時，車道中央至少有上下寬十呎的範圍，鏟起的雪，拋不到兩邊去，必須負重邁上五、六步距離，才能拋出，這又是額外的勞動力。吹雪機確實節省了不少苦力，然而，也不是輕而易舉。首先，積雪太厚，吹雪機發動後，猛推出去，機頭全部埋入雪下，很快就死機，又得引電線重新發動。試行數次，不勝其擾，只得先用雪鏟，在積雪的車道中央開出一條兩呎寬的無雪道，再開始由內向外，逐段推機，分層清掃。總之，三小時之後，總算爲厚雪圍困的家屋開了一條通向外面世界的道路。我坦白跟你說，勞動後，脫光衣服躺在熱水澡缸裡面，那種感覺，天堂也不過如此。

雪鏟完之後，世界並沒有因此結束它的停擺狀態。正常的活動，還得等兩天，這就開始了我的長閒。

記得初中時代讀過夏丏尊寫的一篇散文，題目就叫〈長閒〉。

我的「長閒」爲時兩天，情趣稍有不同。

利用這段時間，開始清理長久以來有心無力而今已到無從下手地步的書報雜誌，打開一些塵封已久的紙箱鐵櫃，居然給我發現了兩件早已遺忘的寶貝。

第一件是我一位遠房表伯送我的禮物，《僧智永集字王羲之聖教序》。這本法帖的每一個字據說都是王羲之的手筆，但整本字帖卻是唐僧智永從王的遺墨中搜集整編出來的，因此，字雖是好字，講到書法，卻不能算是好帖，因爲它不是一本完整的藝術品，章法、氣韻，無從談起。然而，逐頁翻查，卻意外找到了一張監察院信箋，上面沒有署名，只有十個字：「風雨一尊酒，江山萬里心」，分明是當年監察院長于右任的手筆。我推測，這十個字，大概寫於五十年代初期。于右任晚年好書，信手寫在信箋上，也許是有人討字，事先演練的遺跡。表伯父時任立法委員，抗戰期間擔任過國民黨祕書長段錫朋的幕僚，因此與于右任訂交也未可知。五十年代中期，常到表伯家玩，看到他每天在舊報紙上練字，向他請教，這本帖，就是他送的。

我找了一方大小相若的黑木鏡框，把于右老的遺墨收在裡面，掛在書房裡觀賞。奇怪，看著看著，便像是五十年代的自己，悄悄復活了一般。

第二件寶貝更珍貴，是父親在民國四十九年三月到五十一年八月期間手寫的一本回憶錄。除封面封底用硬殼紙裝訂外，裡面全是當時公務用的標準十行紙。父親用他結合了柳體與工程字的自來水筆書法，密密麻麻一共寫了兩百三十九頁，內容則從他的家世、童年一直寫到民國三十一年十月份。很可惜，這份自傳沒有完稿，僅在民國六十五年增訂修改過一次。父親與民國同壽，所以，民國三十一年他正好三十一歲，那還是他的青壯年時代，爲什麼原因停筆，或者是不是另有著述，都無從查考了。

不過，光是這前半生的筆記裡，便隱藏著許多我從來不知道的祕密。

大雪紛飛的第二天，我開始仔細閱讀這本可能與我的命運不無關係的回憶錄。

小時候，父親母親吵架，瑟縮一旁痛恨厭惡又害怕到極點的我，曾經記住了一個叫秀珠的女人名字，當然，既不敢追問也無從調查，只直覺這個名字，一定跟我的命運有點什麼牽連。

回憶錄透露了全部眞相。這位秀珠女士，原來是父親從小學到大學畢業從未間斷交往而且論及婚嫁的紅顏知己。

一九三五年，父親從武漢大學土木系畢業，回到江西省會南昌，在省政府任職。那一年祖父恰好六十大壽，父親要給他做壽，祖父要求一份壽禮——成家。父親曾到南昌一間小學去向秀珠求婚，不料被婉拒。被拒的理由，現在聽來，有點不可思議。秀珠在小學當教員，立志要升大學，因此不能結婚，就這麼簡單。不過，簡單的理由背後，暴露了三十年代女性社會地位的現實，也透露了五四運動後婦女自求獨立解放的信息。

原來我的出生，邏輯上可以說，也是五四影響下的產物。

父親與母親的相親場面，也可以說是五四後的一種革新方式，雙方介紹人商定，必須在黃昏時刻，由幾個朋友陪同父親，到母親的住家附近散步。母親則由她的弟妹陪同，假裝無事，從後門走出來亮一亮相。

這樣的方式，有它的巧妙用心。選在黃昏時刻，是爲了少惹人注意。假裝無事相遇，則彼此如果無意，便也就好像從來沒發生過一樣。

回憶錄中，我的出現，已經在第一百八十二頁。

第二百三十三頁，還有一段「重要」的記事。父親放棄了他習慣的公文筆法，還帶著點文藝腔說：「時安兒（我的小名）僅二歲餘，活潑異常……有一次，還住在庫背村，他正在桌上玩茶壺，外面小朋友叫了連忙下來，但忽然想起茶壺蓋沒蓋好，又馬上爬上去將壺蓋蓋好，再出去玩。當時，我倆見了，又可喜，又好笑！我認爲安兒將來必有出息，做事能有始有終，難能可貴……」

我終於明白我小時候爲什麼罰那麼多跪、挨那麼多打了。

這一切不都是因爲兩歲多那一天胡裡胡塗多蓋了一次茶壺蓋闖的禍。

春遲更好

北國初春迥異於江南，彷彿以貓的腳步試探著，悄沒聲息，踟躕不前。而南國的春天，來得快也去得快，好像青春十六、七的女子，一夕之間成了婦人。人到中年以後，暈眩的速度成了威脅，燦爛輝煌不過是萎零凋落的前奏，時間與歲月，需要慢慢過，細細嚼。

這就像年輕時讀書，總不免囫圇吞棗，知識猶如寶庫，挖得越多越快越好。記得讀台大哲學系那幾年，總圖書館有個參考室，氣氛莊嚴肅穆，靠牆擺著一套二十幾冊西洋哲學原典。從早期的畢達哥拉斯學派到蘇格拉底到柏拉圖到亞里斯多德，沉甸甸的套書精裝本，一路排到近世西歐的尼采、康德與黑格爾，對當時愚蠢而急躁的青年如我，這無非即是盛載人類全部眞理的殿堂，以爲只要啃完這二十大冊，人生的智慧便已具備，從此任它風狂雨驟，我自巍然不動。實踐是檢驗眞理的可靠標準，我的這些妄念，在以後的現實生活裡，當然毫無作用，書到用時，不僅捉襟見肘，有時甚至幫倒忙。

自然也有過一些好處。首先，應付哲學系的考試確實遊刃有餘，寫論文也得心應手，因爲，各家各派的觀點與邏輯，多少摸熟了，總有辦法自圓其說，雖不免自欺欺人，考試成績卻扶搖直上。此外，還有無心插柳的好處。讀英文原典，必須經常帶一本四用英漢字典。生字查多了，語彙也就比一般大學生豐富。再加上哲學論述不像報紙雜誌，英文長句、疊句、複合句司空見慣，初讀深以爲苦，有時一個句子七拐八彎，繞半天才恍然大悟。讀久了，腦筋便跟常人稍有不同，對自己的思維邏輯產生了較嚴格的要求，寫文章做人也一定受些影響，不再那麼赤裸裸直統統了。

然而，這些所謂的「好處」，相對於當初自己想像的「立地成佛」，顯然完全落空。「好處」是要經年累月慢慢體現的，也許，二、三十年後，偶然回憶，才了解某一事某一物的源頭，竟然來自那裡。

這就是爲什麼我對「北國春遲」不但不著急，反而有樂觀其成的感受。

從台北回到紐約，已近四月中旬，陽明山的花季已過，台大校園的杜鵑也大半凋零，建國花市裡，報歲蘭不見了蹤影，素心蘭還不到花期，台北市的氣溫，無論晴雨，都接近攝氏三十度了。攝氏三十度相當於華氏九十度，是紐約的酷暑天。可是，我飛抵紐華克機場的那天，公路邊、空地上，仍有積雪，夜間氣溫剛破冰點，住宅區的草坪普遍枯黃，一向迎春最早的楊柳，仍無綠意。

本來，台北待了兩、三個禮拜，家事國事天下事，諸事煩心，匆匆決定返美，情緒低落到了極點，一看到紐約的殘雪待春景象，又不覺怦然心動。人生得失難免，只要有一個完整的春天細用慢享，一切也就無所謂了。

且從這兩個禮拜的尋春談起。

辛苦經營了二十五年的這個庭園，我今命名爲「無果園」。第一，它確實只有樹、藤、花、草，果樹一棵也沒有；第二、積二十五年之經驗，深知無常才是常態，有因無果只餘過程才是眞諦。

因此孕育了不同的看花哲學。

傳統文人看花，不外感時懷舊傷情，這一類的聯想，已經沒多大吸引力了。現代人看花，況味更自不同，舉例說，美國名攝影家羅勃・梅波索（Robert Mapplethorpe，1946-1989）看到的花，跟我們常人的眼光，往往天差地別。梅波索常用的兩個主題，罌粟花和Cala Lily（中文名不詳），說穿了，就是性器官。雖然不合「雅士」的口味，作品創造的美，誰也無法否認。事實上，他已經是攝影史上公認的大師級人物。梅波索的觀點，跟他的性傾向有一定的關係，他是出櫃同志，年方四十三便死於愛滋病。

我看花，大概在上述兩例之間。植物按時序開花，是生命歷程中的一個重要環節。一切都是過程，只不過，有些過程中的環節，更引人注目罷了。

所有的花，不論多美多豔，不論多奇多醜，又或是色彩，造型與香味俱無足觀如鄉里平凡女子，均只有一個生命目標：傳宗接代。花開只爲求婚，與富貴或選美毫不相干，也不是爲了追求性高潮，人縱有任何想像，皆自作多情也。

這兩個禮拜，無果園中，漸入佳境。

迎春花（forsythia）的黃金枝條最是搶眼，配合三年前種下的一株「富士山」（櫻）滿樹白花，成了春初一景。迎春花與富士山皆先花後葉，黃白二花因此皆無雜色，前者的枝條向上放射，後者橫向發展，故不僅有金銀二色的強烈對照，線條上的横衝直闖，也相映成趣。

花色和生長形態互異的各種鱗莖植物，紛紛破土露尖了。

這個時節，怒放的玉蘭反而只嫌熱鬧，彷彿底蘊不足。牡丹的冬眠期已過，芽眼開始肥腫，葉芽如亂絲紅線，花芽的形狀與顏色皆妙不可言，我一位花友逕直呼之爲「狗屌」，若是兩者都沒見過，我告訴你，鮮紅欲滴的朝天椒約略似之。

最經看的卻是俗名雞爪實即槭樹而我習慣稱之爲日本楓的幼葉與花實。

平常，賞楓只是賞葉，故傳統文人只在秋深才眼中有楓。唐詩宋詞裡的楓葉，每與人生無常或身世飄零掛鉤，人世滄桑和死亡前夕的掙扎，竟成爲楓葉的典型象徵。

我今帶著一副老花眼鏡，漫步到一棵栽培多年的日本山野原生種楓樹下，仔細觀察。葉芽經春水灌溉而飽漲，擠脫了裝甲似的冬眠莢，遂一點點露出了顏色。

新芽未全開，仍無葉形，皺摺含蓄如半開半閉摺扇，蜷曲猶豫，新柳綠中透露胭脂紅。尤令人欣喜不已者，每一對拳拳如嬰兒小手的葉片中間，纍纍如一球球細粒初成的葡萄，楓花的蓓蕾，大膽伸進了料峭春寒，送出求婚的信號。

再過幾天，和風送暖，蜂蝶成群飛舞競逐。不到一個月，萬千雞爪葉片下，求婚成功的楓花，母體變形。兩支螺旋槳葉，一百八十度平伸，槳葉相連的核心，緊緊裹著兩粒相思豆似的種子。

新生命要到初秋才成熟，屆時，也許有一陣風，螺旋槳在逐漸冷了的空氣裡，隨秋葉起舞，尋找歸宿。

每年開春，剪草前，我習慣在草縫、花畦、牆角、籬邊各處搜尋，凡眞葉已成三、四片者，便趁推草機發動前，挖起入缽，三、五、七、八年後，有些成爲盆栽，有些則轉移到親朋好友的庭院中。

春遲遲而意綿綿，何妨加入心愛植物的生死輪迴，此中或有眞意，也毋需深究。

讓它白了吧！

頭髮一旦有了兩種顏色，就叫二毛，二毛予人的第一個印象是「雜」，自己的感受則是「老」。既老又雜，不免心情沉重，因此要除惡務盡。

終於到了拔不勝拔的地步。

有一次，上唐人街某現代髮廊，徐娘半老的理髮小姐說：「頭髮還那麼多，不染多可惜，人家還以爲你眞老了呢！」

最後一句話最有力量，擊中要害，不能不花錢了。

可是，沒想到，染髮是遠比理髮更痛苦的刑罰。首先，時間長。平常，不到最後關頭不上理髮店，所以平均二至三個月頭痛一次，每次二十分鐘，尚可忍受。染髮本身，按他們的專業規矩，至少四十五分鐘，加上洗頭、剪髮、捏頭、壓肩、吹風……動不動任人擺布一個半小時。時間長還不要緊，帶本雜誌或閒書，不算完全浪費，最可怕是髮廊裡的空氣。廉價的香精混合在油料和噴射乳膠裡，來往人等身上傳出的狐臊汗臭，簡直令人窒息，加上理髮小姐與熟客之間的打情罵俏，配合音響設備堵不住的男歡女愛濫情歌曲，這個人造的環境，有點像妓院又有點像菜市場，如果既無性衝動又無食欲，那一個半小時便純粹是受罪。

染髮的過程更似受刑。

第一步，得想方設法對抗徐娘的審美觀。「現在都流行這個耶，」她的聲腔忽然變成十六歲：「配你的皮膚也正好！」

我說我還是喜歡自然一點。

「這樣最自然嘛，」她繼續推銷，「我看你大概喜歡戶外生活，曬這麼黑，頭髮再黑，不好看呀！」

我說中國人還是黑頭髮正常，她說你何必這麼保守，淡紫色會讓你容光煥發、年輕十歲呢。這一次我沒有屈服，主要是想到，也許兒子見到我會說：「爸，你怎麼向菲律普看齊了？」

菲律普是我的姪子，那年二十一歲，在曼哈頓紐約大學讀書。那天，跟女友在格林威治村散步，給《紐約》雜誌的記者發現了，拍了照片，上了雜誌封面，標題是：「紐約最奇形怪狀的一對」。菲律普耳朵戴環、舌上穿珠、鼻孔與嘴唇都穿金戴銀，全部頭髮塑成——蓬蓬紫色火焰，朝天放射。

就算說服了徐娘，日子還是不那麼好過。不知道她從什麼樣的瓶瓶罐罐裡挑出來什麼樣的化學製劑，總之，像一名冶金巫婆，手捧一隻海碗，胡搗亂攪半天，她將芝麻糊似的一碗染料交給一名小妹，命令她：「髮根最重要，裡面外面都要刷到……」

小妹唯命是從，把我的頭髮從左到右梳再從前向後梳又倒過來反覆塗抹了不下百遍，這才休工。我不免好奇看了看鏡中的自己，發現一顆自命知識分子的頭顱，已經變成一條爛泥地裡打滾的豬。

此後四十分鐘，我瑟縮端坐於理髮凳上，鏡子也不敢看，更不敢隨便變換位置，深恐引起這髮廊大雜院裡川流不息的人群注目。

沒想到，回家後，老婆居然讚不絕口：「看起來有精神了，」她說：「比原來髒兮兮的樣子好多了！」

原來這一段時間，我在糟糠妻的眼睛裡已經變成「髒兮兮」了，這也是始料未及的新發現。

朋友裡面，頭髮最早白的是攝影家柯錫杰，但我不記得他到多大年紀才養成神奇如富士山的一頭雪白。從黑髮到白髮，不可能不經過一個尷尬的二毛時期，柯錫杰如何度過這個艱困的歷史階段，可惜沒請教過。

畫家韓湘寧則智勇兼備，他乾脆把一頭可能已不甚好的髮全部剃光。光頭雖性感，卻不一定好看，但至少不會「髒兮兮」。

在我的同齡層朋友裡，至今還沒見過一個人有勇氣把頭髮染紫鍍金。我們這一代，年輕時候膽大包天，犯上作亂，顛覆反叛的事也幹過不少，到了現在這個年紀，在頭髮這一可大可小的問題上，全都保守自律，彷彿驚世駭俗，只是年輕人的特權，對我們而言，全成過去式了。

美容院歷險後，我再也不敢造次，但老婆的觀感與殘餘的自尊心，也不能不顧，遂開始打聽染髮之道的ＤＩＹ。

有一種美國產品，叫做「一抹灰」（A Touch of Gray），號稱每次洗頭前沾一點抹上，幾次之後，非白髮不受影響，白髮卻漸漸不見，因此，不知不覺間，潛移默化而恢復青春，何等美妙！

我偷偷試了幾次，發覺廣告與事實之間，有點距離。不錯，白髮確實漸漸不見了，但變成了另一種黑色，與我原來的黑髮相比，是一種不同的黑。雖然同爲黑髮，老黑髮與新黑髮不是一個族類，彼此混不到一塊兒去，其分別，有如魚目與珍珠。如此，則外觀既不能自娛娛人，自審更不能心安理得，好像明知手上拿的是僞鈔，還想矇混過關一樣。

老婆知道我的窘境，自動四處打聽，終於給我找到一種適合東方人使用的日本產品，叫做「早染」。

「早染」這種產品有各種型號，似乎立意要讓天下人不分髮質髮色，盡皆成爲忠實用戶。最早向我老婆推薦的那位朋友，自己用七號，所以，我第一次也用七號，不料效果奇慘，看起來，我的頭髮有點像印度長髮美女，濃如墨，黑如漆，如果不加梳洗，則像一爐相思炭。

逐漸調整到六號與五號之間（兩者以一定比例相混），才終於找到正確的方向。如是兩年。我甚至聽見忘了我早已二毛的朋友說：「你眞是越來越年輕了，有什麼祕訣呀？」有時候，不免寡廉鮮恥，竟當眾宣布：我這魔鬼身材天使面孔主要靠運動和蔬食。一批「老」朋友聽了，無不爲之動容。

前兩天，看到一則故事。

五十多歲的畢卡索，有天在巴黎一家餐廳用餐，上菜照例是法國標準，很慢，畢卡索自然早已習慣，不以爲怪，只取過餐巾紙隨手塗鴉。鄰桌一位貴婦，看出了他就是大名鼎鼎的畫家，熱情詢問：

「我是你的崇拜者，你手上這張餐巾，能不能給我？」

畢卡索答道：「可以，不過你要付一萬元。」

「怎麼一張餐巾要這麼高的價錢，你才不過花了五分鐘時間！」

「不，」畢卡索說：「我花了五十年時間。」

這故事實在簡單不過，但裡面似乎隱含著一些什麼，一些讓人心安的東西。

第二天起床梳洗，我順手把家裡用剩的「早染」扔進了垃圾桶。

老婆看見了，問：「怎麼？不染頭髮了？」

「不染了，」我說：「就讓它白了吧！」

第二輯
看 外 面／

神佛滿天

當今世界似乎有這麼一個特色：下界甘心情願，接受商業主義的統治；上界滿天神佛，以末日審判和地獄或來世超生和天堂威脅利誘。這樣的世界倒是有一個好處，政治與社會發展都不必考慮什麼炫惑人心的理想國或烏托邦，因此也大大減少年輕人「誤入歧途」造成的混亂與壓力。除了極少數「恐怖分子」盲動之外，掌握權錢的統治階層，其實沒有什麼心腹大患。

這樣的世界，對於習慣了理想主義思維方式的無神論者，卻是相當殘酷的。

無神論者的日子，尤其是接受了西方思想史洗禮之後，本來就不好過。按照這種邏輯，天下沒有任何事物，能夠準確無誤地驗證神佛的存在。然而，井然有序的宇宙，若說根本沒有一個終極目的，好像又無法說得通。何況，神道立教的人會斬釘截鐵地告訴你：信仰先於思維，思維永遠推不出一個神來，你得先信了，才有救贖的可能。這實在是個相當尷尬的困局。

若干年前，台北一位朋友給我打了個電話，邀請我參加她主持的一個電視節目。電話裡彷彿有這麼一點意思：你不是自認爲無神論者嗎？何不藉此機會上電視，在公共場域，跟一位有神論者對談一下。看來是要考一考我的無神「信仰」了。

這個節目藉紐約洛克菲勒大廈的ＮＢＣ錄影室現場拍攝，主角是台灣一位大法師，主持人穿針引線，我陪襯。

我當時便有個不太好的感覺，好像是個設計好了的傳道節目呢，那把我邀過來，豈不是預定了要當靶子嗎？

還是硬著頭皮去了。

開始，出乎意外，不是什麼大陣仗的樣子，還邀了另外兩位紐約華埠的知名人士，閒話家常，各自談談海外華人的生活處境，看來有擴大國內觀眾見聞的企圖。我覺得挺好的。

再過一陣，主題慢慢出來了。主持人話鋒一轉，直接問我：

「你對『人生意義』這個課題，持什麼樣的哲學觀點？」

逼上梁山了，我只得夫子自道。

我不想迴避，直接承認，我是個無神論者。

在紐約的郊區居住，常常碰到這樣的場面。家中閒坐，穿著體面、態度嚴肅的紳士淑女來敲門，要求你給他們幾分鐘時間，談一談主耶穌基督。我經常對付的辦法就是直接宣布：「對不起，可是，我是個無神論者。」雖然敲門的人有侵犯別人隱私或至少妨礙他人安寧的嫌疑，一聽到「無神論者」這個字，卻總是露出詫異和憐憫的表情，彷彿說：那你是根本無救的了。

總之，公布自己的無神論身分，在我並不是一件難堪的事，早已習慣了。但公開說明無神論的主張，卻並不十分習慣。誰經常演練一套說法，當眾宣傳呢？無神論不是宗教，只是一種理性主義的態度罷了。

好在年輕時學過一點哲學，便按照心裡的感覺，按照普通常識的水平，整理出來那麼幾條：

第一，不相信前世來生，人活著只有這一輩子，死了便什麼都沒有了。

第二，不相信宇宙有個萬能的主宰，人的主宰，只有他自己。

第三，既然如此，人生下來、死掉，都不是自願選擇，這樣的人生，豈非毫無意義？

第四，相反，因爲所謂的「意義」，不是外鑠或賦予的，而是內部生成的。而人只有這一生，這一生是否有任何意義，就全憑自己的覺悟與創造。

第五，正因如此，這一生以及所謂的「意義」才彌足珍貴。

諸如此類。

大法師不是那種慈眉善目令人起疑的宗教人物，他是眞有過一番歷練的人。所以，他的話，讓我有點吃驚。

「劉先生，你的理論非常精闢，可是，人生多苦難，一般的人，恐怕不容易接受呢！」

我知道，這就是所謂的宗教家的情懷了，只得立刻承認。「對對對，我這種說法，就是你們佛家所謂的『自了漢』吧！」

沒想到，錄影完畢，大法師悄悄跟我說了幾句話，意思是：最上乘的佛法，也是沒有神的。

究竟，沒有神的宗教，是只能悄悄談的。今天的宗教，無論什麼教，無論哪個門派，都已是體制化的官僚組織，越年深日久，越影響廣遠，越龐大僵硬。

新興的宗教，如法輪功，已經懂得利用高科技進行組織宣傳。中南海的巨頭，所以對它恨得要死怕得要命，就因爲它有能力利用網路密碼暗號，面對無孔不入的公安組織，居然瞞天過海、不聲不響，一動員就上萬人。老派的宗教，如羅馬教會與亞洲佛教，也都早已現代化。佛洛依德的心理分析，人類學的集體記憶，當代企業的經營管理……都已納入它們的系統。宗教的原義本來是拯救心靈，體制化的宗教，不能不忙著搶人搶錢。

當今世界最大的火藥庫在中東。中東每天上演的戲碼，拆穿了說，不過是兩大宗教搶地盤的瘋狂戰鬥罷了。

西方，尤其是美國，最大的宗教力量就是代表千奇百怪各種招牌統稱爲基督教的所謂新教，在操作統御人心方面，更可以說是百花齊放。這裡確實是宗教的沃土，我一直到最近才聽說，美國人當中，百分之九十以上對萬物自有主宰這個說法，深信不疑。「九一一」之後更有變本加厲的趨勢，上教堂的人數，平均增加了百分之二十。然而，萬變不離其宗，相對於人類行爲的基本性向，導引塑造的根本方法還是離不開威脅與利誘，尤其是威脅，效率最高，此所以世貿雙塔灰飛煙滅後，末日審判的傳說，日益深入人心。

試舉這幾年最暢銷的一套小說爲例。

提姆．拉黑依（Tim Lahaye）今年七十六歲，退休的福音教派牧師，神學學者，曾經創辦過一個門派，與人合作寫過一本性行爲手冊（銷售量兩百五十萬本），但到六十出頭的時候，忽然想寫小說，掙扎了一陣子，自認行不通，遂將他的大量札記交給一位專業小說家杰里．詹肯思（Jerry B. Jenkins，現年五十二歲，寫過八十本小說）。從一九九五年開始，兩人合作，根據《新約》裡描寫世界末日的《啓示錄》，陸續出版了十本小說，統稱爲【遺民】系列（The Left Behind Series）。【遺民】故事以世界末日到來時再生的基督與反基督（Antichrist）的殊死戰爲經，以上帝遺棄的地球人在末日的種種遭遇爲緯，編織成一部史詩型的虛構巨著。可是，讀這系列作品的人，絕大多數不認爲自己在讀虛構小說，他們覺得自己在看現實世界演變的眞實記錄，像讀報紙一樣。

這套書，每本平均賣三百萬冊。十本一套加上繪圖版和兒童版，總銷量超過五千萬冊！

美金鈔票的背面不是都印著一行字嗎？In God We Trust（我們信賴神），看來絕不是虛張聲勢了。

然而，歸根結柢，無神論者也不能怎麼太抱怨。我們也一度風光過，不是嗎？從馬克思到毛澤東，人類不也曾在無神論者的組織宣傳機器下，戰戰兢兢地活過一百多年？

台北的圍城感

台灣是一個典型的被圍困的國家，符合錢鍾書有關婚姻的標準定義：這個地方，城外的人想打進來，城裡的人想打出去。

從一九四九年中共建政，一九五〇年林彪大軍集結福建沿海，在沙灘上搭起秋千架，訓練北兵水戰，把徵集來的十幾萬艘漁船加裝馬達，準備萬船齊發，跨海東征，台灣已經在圍城的空氣中，生活了半個世紀。

圍城生活長期化，每每養成一種心理：小事容易誇大，大事反而有盲點。

住在紐約，隔洋觀察，這種非常特殊的社會心理，很難察覺。這幾天，剛好人在台北，不免舊夢重溫。

舉例說，這些天，第一夫人訪美的消息，如果我還在紐約，即使再關心台灣，也不可能得到在此通過媒體所得到的印象。同時，如果我是個長年居住台灣很少出國的人，這裡的各種媒體所傳達的總印象，就可能更加驚天地泣鬼神。

然而，「夫人外交」眞的那麼轟動寰宇，或如某些媒體所用的語言，造成了「旋風」嗎？

我給紐約一位關心國事的朋友打電話求證，他說他每天看《紐約時報》、《華盛頓郵報》，每天六點半看全國聯播的電視新聞報導，他給我的答覆是：「沒有片言隻字，沒有一言半語！」

旋風？難道只是台灣媒體在自己的小茶杯裡興風作浪？

我無意貶低吳淑珍女士的努力，我只是對媒體這種做法不解，如此造成的社會效應，實在有很大的欺騙性。被圍的人需要突圍，完全可以理解，但這是正確的突圍方法嗎？還是暫時滿足一下突圍的幻覺？

越是形勢逼人，越需要頭腦冷靜，我相信，眞正在戰場、商場、運動場上有實踐經驗的人都會同意。然而，「夫人外交」這一事件，從頭到尾，媒體的報導，頭腦冷靜者鳳毛麟角，不過，不是沒有。

九月二十七日《中國時報》駐美特派員傅建中發了一篇通訊〈國會歡迎酒會——場所的困

境〉，揭露了一些眞相。酒會設於集會大廳（Caucus Room），足可容納三、四百人，可是到場的不過二十二位參眾議員（占參眾議員總人數百分之零點零四），這個場面，傅建中用了「空蕩蕩、冷清清」六個字形容。酒會的共同主人一共四位，即參眾兩院的兩黨領袖，而四位領銜柬邀客人的主人，只有眾院共和黨狄雷一人到場。這當然不是「尷尬」兩字所能搪塞，政壇現實的殘酷暴露無遺。不細心的讀者，看得見嗎？

不僅看不見，有時候還會受欺騙，試再舉一例。

吳淑珍初抵紐約發表演講那則新聞，《自由時報》發爲頭版頭條，演講的重點似乎是大義凜然，痛批中共，令人以爲吳淑珍訪美就是要告訴美國人中共如何打壓台灣，這當然也可以代表台灣不少人的心聲，《自由時報》以這種方式報導，想當然可以獲得共鳴。然而，我仔細查閱了當天其他一些通訊和報導，卻發現這個頭版頭條的內容，完全取自吳淑珍演講稿中的兩個段落，而這兩個段落，由於美方和台方主辦人員事前「協商」，實際演說時已經全部刪掉了。這就不能不讓人懷疑，媒體在爭取讀者共鳴之外，是不是還有什麼不可告人的political agenda?

圍城中的台灣，讀報可不愼乎！

前兩天，跟一群從事外貿工作的朋友，開車經過南北高速公路，窗外右前方出現一面大廣告牌，上寫「燦坤」兩個大字，下面八個小字「世界工廠，世界通路」。我不解，詢問同行的朋友，才明白了一些情況。

原來「燦坤」這個聽起來像古亭菜市場賣魚丸湯的招牌，竟然是一家迅速崛起即將取得全球化規模的台商。

據介紹，「燦坤」原來是台灣一家小家電製造廠，生產熨斗、咖啡壺一類家庭電器用品。近年來「燦坤」把大陸當做中繼站，擴大生產線，增加新產品，打入了新興的ＩＴ（Information Technology）市場。所謂「世界工廠」不是一句空洞廣告，因爲在大陸生產降低了成本，增加了競爭能力，「燦坤」的大陸工廠如今確實是爲全世界的市場生產，而「世界通路」一語也非誇張，「通路」兩字包含了道路與網路雙關的意義，也就是說，局限台灣的小家電製造者，現在是通向世界的資訊工業大企業了。這個成功故事說明了什麼？很簡單，沒有大陸提供的各種環境與條件，「燦坤」不可能發展它自己的規模經濟格局，沒有這種格局，就不可能創造世界級的品牌。台灣今年度對大陸的出超可達兩百四十億美元，「燦坤」一類的企業經營者，如果當年死守台灣，兩百四十億的出超如何產生？碰上目前的景氣低迷，只有死路一條，這才是眞正的「產業空洞化」，這個邏輯，還不清楚嗎？

在台灣這個圍城世界裡，台商四出打天下是台灣人民近幾十年來最天才的表現，創造了經濟奇蹟，開拓了大片天空，這是眞正的突圍，幾乎可以說，這就是台灣未來的命脈，因爲他們不僅給台灣帶來財富與繁榮，也附帶改造了大陸人的行爲方式與精神面貌。台灣的執政團隊，不論誰上台，都應該看見這條安全有效的解圍道路。台灣的安全，絕非戰艦、導彈等尖端武器所能保障，尤其是長期的和平與安全，日本救不了台灣，美國也救不了台灣，聯合國更無能爲力，最終還是要靠兩岸人民的文化、社會、經濟整合，這是任何稍具常識的人都可以明白的。不此之圖，卻爲了短暫政治利益，製造內部緊張，擴大族群裂痕，甚至利用民間的歷史悲情，推動莫須有的建國理想，這除了在本已驚險萬狀的圍城危局中，爲大陸軍方提供動武藉口外，實無任何政治智慧可言。

或有人辯稱，這樣做也不是終極目標，而是一種戰略設計，即爲未來無可迴避的兩岸談判累積籌碼。

不過，任何硬碰硬的談判，眞正的籌碼不是頑強的態度，而是實力，台灣的實力在哪裡？

兩千三百萬人爲維持自己的生活方式所形成的集體意志，半個世紀的經濟發展所累積的集體經驗、技巧和視野是無可取代的，這才是台灣的眞正實力。不論用什麼名稱，台灣之所以成爲一個國家，基本上就這兩條。任何衝擊這兩條的政策和主張，不論多麼動聽，都有動搖國本之嫌。

台商是充分體現這兩條的最佳代表。尤其近二十年，他們聰明地抓住了大陸的開放，充分利用了兩岸同文同種以及對岸低生產成本和內銷市場廣大外銷商機無限的有利條件，以台灣的資金、頭腦、眼光為主軸，以大陸為中繼站，建立經濟規模，創立品牌，最終取得全球市場的競爭地位，這條路，無論從哪個角度考慮，應該是鼓勵、支持唯恐不力，居然還有人主張限制、打壓，眞令人不可思議。

昨天是民進黨建黨十六年，歌舞昇平之餘，還有兩句漂亮口號：用台灣腳，走台灣路。壯哉斯語！回頭一想，前面提到的「燦坤」，不就是這麼走的？台商走這條路打拚的時候，民進黨可能尚未誕生呢。民進黨近年來的「台灣路」好像也只在選戰方面走得有聲有色，這卻是一條布滿陷阱的路，再這麼目光如豆地走下去，前述那兩條國本，難免動搖，歷史的反諷或將出現，台灣腳陷入族群內鬥泥淖，台灣路引向美日中三國的大戰邊緣，而永遠勝選的民進黨，則帶領台灣走向菲律賓。

台灣蔫了

一九八三年，離台十七年後第一次回來，我幾乎不敢相信自己的眼睛，除了街道、建築、景觀與市況等外觀的繁榮進步，最難以置信的是台灣人精神面貌上的劇烈變化，我像一個坐了二十年政治牢的囚犯一樣，忽然回到正常的人間，事事驚奇，樣樣新鮮。有人問我，你覺得怎麼樣。怎麼樣？我只能以四個字形容我的觀感——台灣發了！

最近這一年，我一共回來了三次，前前後後加起來，在台灣過了將近三個月。這三個月，跟我那一次的經驗比較，眞好像是兩個截然不同的世界。

事實上，如果僅以外觀衡量，二〇〇三年的台灣比一九八三年的台灣，可能更繁榮，更摩登、更漂亮。然而，有點什麼不見了，蠻重要的一點什麼，可又很難說清楚，它究竟是什麼。元氣？幹勁？好像也不完全是。總之，我的感覺告訴我，台灣這個小小的世界，彷彿失去了一種原有的光彩，水分不再那麼滋潤，精神不再那麼飽滿，像過早衰老的美人，像土壤、營養、光照、溫度失調的盆栽，一副垂頭喪氣的樣子。

又是四個字——台灣蔫了！

爲什麼呢？我眞是百思不得其解。

這三個月，有時候跟朋友，有時候獨自一人，大街小巷到處亂逛，每次閒逛，這個垂頭喪氣的台灣形象，總在不注意的時刻，冒出它的醜臉。

我知道，不少政治評論、經濟分析和社會調查都或多或少地觸及這個難解的問題，我不是不相信這些言論，我只是更相信我的直覺。對一個你愛的人，你不會用百科全書去解決問題，你用你的感覺。

一九八三年，台灣並不是一個無憂無慮的小島。國際上，台灣正逐漸失去它過去不相稱的身分，而新的身分曖昧不明。兩岸關係上，三民主義統一中國論越來越罩不住了，中共從文革噩夢狂亂中慢慢恢復常態，鄧小平摸石頭過河的務實政策開始見效，改革開放帶來了新氣象。兩岸關係從冷戰敵對向隔海喊話過渡。島內形勢也處處隱伏危機，反對勢力雖仍無合法地位、正式名號，理想已逐漸從意識形態走向組織化。威權體制雖未完全鬆動，但已意識到必須扎根本土。老蔣時代的反攻復國神話徹底破滅，新的政治版圖要求誕生。

往回看，二十年前的台灣應該是個極度緊張的社會。我記得當時有一首流行歌〈未來的未來〉，多少傳出了那種緊張感。然而，台灣當時給人的印象卻是「有拚才會贏」，完全是資本主義上升期的興旺發達，人人向前看，處處冒商機，跟今天上海給人的印象一樣。

讓我們回歸現實，以平常心來審查。今日台灣的處境，無論在國際上、兩岸關係上和島內形勢上，都不見得弱於二十年前，有許多地方，其實更成熟，更有利，那，爲什麼給人搖頭歎氣、悶悶不樂的感覺呢？

我覺得整個問題出在「遠景的模糊」，失焦的程度，比二十年前嚴重得多，這就像一個出門的人弄不清自己的目的地一樣。

我基本上還是個旁觀者，最多只能算是個同情的旁觀者，當然不可能提出任何答案，只能摸摸脈，按自己的感覺找找病根。

遠景模糊失焦可能至少有三個原因。

第一，國際角色曖昧不明。

這個困境當然不始自今日，但二十年來，主政者缺乏遠見因而沒有任何長期規畫只一味隨事態發展反應的做法，已經把台灣導向死胡同。別的不說，單以我比較熟習的聯合國爲例。台灣上上下下這些年來唯一的思維模式非常傳統而落伍，基本上只抓住一個國家主權和國際人格做文章，卻不知聯合國這二十年來其實有了很大變化，二戰前後的集體安全制固然還是聯合國的主要業務，但這種性質的業務已經變形分化。就實質意義言，ＰＫＯ（維持和平行動）比安理會的日常會議更受注目，動員規模和影響範圍日形擴大，而台灣官方與民間對此似乎毫不關心，腦筋還停留在五、六十年代否決權橫行的冷戰世界。再舉一個例子，從一九七二年首次召開人類環境會議，聯合國非政治領域的議程有了飛躍發展，其基本形態是通過公民社會（civil society）、ＮＧＯ（非政府組織）的活動與主張，先製造社會輿論，當這種輿論達到世界範圍時，再由聯合國出面召集各國舉行大型國際會議，發表宣言，制訂行動綱領甚至訂立國際公約，再推行到世界各國。這二、三十年來，凡有關環保、婦女、兒童、人口、反毒、人權、永續發展……等重大議題，都是通過這個進程實現的，其實是聯合國當代最有生命力的部分，而台灣官方與民間基本上置之不理，最多也人云亦云，一知半解。

就實際參與國際進程言，聯合國三大理事會之一（現在只有兩大，因託管理事會已取消）的經社理事會有一個制度。任何國家或地區的ＮＧＯ，只要是非營利組織，有一定的宗旨、工作和成員，就可以申請經社理事會的諮商地位，列入登記冊，而當大型國際會議召開時，便有資格參與。在台灣，我沒聽說有任何人（包括官方），做過這種努力。

第二，中國妖魔化。

冷戰時期，對壘雙方把對方妖魔化是一種戰爭手段，雖不合理卻可以理解。兩蔣主政，爲了維繫神話，更是無所不用其極。戰後台灣生長的兩、三代人，基本上不僅要接受人爲歷史斷層，而且要在自己心目中，把對方的一切，從精神思想到日常生活習慣，從社會制度到每一個活生生的個人，全部予以醜化。這種仇恨與扭曲，今後如有必要重新整合，必將是困難重重的巨大工程。李登輝掌權後至今，或明或暗的「去中國化」政策，更進一步把「仇恨」推向「陌路」。「仇恨」還可以化解，「陌路」則永難回頭。

中國妖魔化不僅爲當代台灣人製造困難，今世後代都難免被波及。

第三，台灣獨立建國的迷思。

台灣獨立建國的理想，曾經是許多人在悲情時代的夢，這個夢，目前已越來越脫離現實的軌道，漸漸變成少數人利用的迷思。

在短短幾十年時間裡，一個魅力無窮的美麗夢想變成了工具，墮落爲迷思，歷史上屢見不鮮。國民黨從興中會到抗戰勝利後，共產黨自一九二一年建黨到毛澤東死亡，也都不過幾十年。意識形態不是哲學也不是宗教，只是一種半宗教半哲學似是而非的動員手段，一種組織人們爲某一目的行動的說明書。台灣獨立建國的夢想，在它成長過程中產生過一定的正面作用，也是台灣民主化的催生者之一，但它終究還是未能跳脫意識形態的框架。它的正面歷史價值正迅速消失，工具化的迷思本相正逐漸顯現。

台灣如果要通過哈伯望遠鏡看自己的未來，這三個污點一定要擦拭乾淨。遠景（vision）不會自己跳出來，這是台灣知識界不能迴避的歷史責任。

毀了兩個農業專家

聽了李登輝一句「釣魚台屬於日本」，除了覺得莫名其妙，惱怒之餘，讓我想起了小方。這兩件事，表面看，好像根本連不到一塊兒，但是，仔細想想，也不能說毫不相干。釣運一開始，不是打出了「五四」時代的口號「內除國賊，外抗強權」嗎？李登輝的這句「名言」，也許是一時失察，也許是快人快語，誰知道呢，總之，潛意識裡如果沒有埋藏，這句話大概也不可能浮上意識層面吧。總之，這句黑白講，立刻勾起了我的本能反應，而那句口號，又是小方一生的戲劇性轉捩點，我想，我內裡的邏輯，或者就是這樣連結起來的。

一九七一年一月二十九日，北加州九所大學的華人留學生組成了「北加州保衛釣魚台聯盟」，在舊金山華埠舉行第一次保釣大示威。

我記得很清楚，那天的天氣，陰冷潮濕，廣場上的人群，黑鴉鴉一片，雖然動作上看不出什麼，但從眼光、神色裡，可以感覺到陌生、驚疑和不安，包括組織者在內，沒有人有過公開譴責政府的經驗，甚至於策畫安排遊行示威，對絕大多數積極分子而言，也是平生頭一遭。少數港澳同學，特別是在華埠做社區服務工作的「爲民社」成員，曾經參與過柏克萊加大的「第三世界罷課」運動，可是，碰到「保釣」這個課題，他們都堅拒領導的責任，理由直截了當：這個議題，是台灣同學從醉生夢死中醒來的機會，我們不能代替你們，你們必須站出來，跟你們的政府幹！

我跟郭松棻和其他一些人，便這樣給推上了「斷頭台」。

一直到今天，感覺還是那麼清晰，郭松棻瘦小的身材，彷彿抵抗不了刺骨的寒風，全身發抖，臉色從灰白轉爲鐵青，我貼身站在他身旁，幾乎覺得他隨時都可能倒下去。那是他第一次公開發表政治演說，講不了幾句，忽見他把講稿塞進口袋，順手把身上的夾克、毛衣一件件脫了，往旁邊一甩，只剩下一件白色的T恤，指著台下遠處樹影裡幾個鬼鬼祟祟的人物說：

「你們這些特務，你要是有種，就給我站出來……」

陌生、驚疑和不安，就這樣，立刻不見了。當然，鬼鬼祟祟的那幾個，沒有什麼反應，記筆記的繼續記筆記、錄音的錄音、照相的照相。然而，那種刻意製造的威脅氣氛，沒有人在乎了。

我那天代表保釣行動委員會發言，眼光無意間捕捉到一個標準文弱書生的身影。他側分的頭髮比一般人稍長，但比起那時候流行的長髮式，又顯得保守，臉上架著一副金邊眼鏡，皮膚看來有點蒼白。我注意到他開始似乎有點猶豫不決，好像是躲在邊緣的人堆裡，漸漸膽子大了，慢慢向前移動，最後擠到了前面第一排，拉開胸前的拉鍊，從裡面掏出來一方白布，轉身對著人群，展示他自書的八個墨跡淋漓的大字：「內除國賊，外抗強權！」

這是小方給我的第一個印象。

那天，在遊行到國府領事館、日本領事館和美國聯邦政府大樓的過程中，我找到機會跟他聊了幾句，表示希望他參加我們的工作，我們交換了電話。

跟李登輝一樣，小方是土生土長的台灣人，我而且相信，兩個人可能都曾在人生的某個階段，產生過農業現代化的救國思想。唯一不同的是，李登輝的日本教育，可能讓他覺得日本的文明比顢頇落後的中國人，至少要高一個層次，而小方所受的國恥教育，讓他比較容易接受被壓迫民族自求解放的思想。

「綠色革命」這個觀念，我首先從小方那裡聽到，但自從他參加保釣的各種活動以後，這個觀念也發生了變化。我知道他的博士研究主題與綠色革命有關，但我不太了解他的專業，我只知道，他原來準備獻身於綠色革命的理想，由於實際政治行動的體驗，慢慢失去了原有的光彩。

「糧食生產得再多，也不能保證不餓死人，」他說：「社會制度不改造，公平分配不可能實現……」

一九七一年五月四日，柏克萊保釣行動委員會演出改編版的曹禺舞台劇《日出》，其中有一個歸國學人的半反半正派角色，大夥覺得，小方的外型，幾乎不必化妝，非他莫屬。

可是，小方是個沉默寡言連跟女孩子說句話都免不了臉紅耳赤的靦腆男生，叫他粉墨登場在白熱的燈光下演戲，簡直等於叫一個害羞的小女生當眾跳脫衣舞。這個任務，我們交給了導演李渝，而李渝居然做到了。

演戲這種奇特的任務，徹底改變了小方的性格。一旦學會了用另一個人的身分說話和思考，連他自己也不了解的那個小方，全跑出來了。不但戲演得中規中矩，小方脫胎換骨，從一個謹小慎微的生物科學家，變成了柏克萊保釣行動委員會裡最精通理論的煽動家，他能言善道，而且不眠不休，每一項新行動他都積極參與，每有辯論，不貫徹他的主張，絕不罷休。

他開始談戀愛了，那節奏，也像那個時代，一樣火紅。

我一九七二年九月離開了柏克萊，此後只能斷斷續續輾轉聽到他的消息，所以用了「輾轉」兩字，是因爲小方拒絕跟我聯繫，據說，他認爲不徹底打倒劉大任的路線，革命沒有任何前途。

這種僵持的情況一直延續到一九七四年，我第一次親自到中國大陸旅行回來說了，「那裡的人活得不像人」這句「反動」言論之後。

一九七五年夏某一日，被人稱爲「柏克萊方書記」的小方，突然出現在我紐約的寓所。我的驚訝當然更勝過他。

小方長途開車到紐約，一個人開了幾千英里，他坐在我家那個燈光不怎麼明亮的客廳兼飯廳裡，一枝接一枝地連環抽著香菸，夾菸的手指，彷彿痙攣，不自主地微微顫抖。

我自覺不便詢問他柏克萊的「革命形勢」，只好向他打聽個別同志的近況，他的回答，沒什麼一定的條理，但有一個共同點，每個人都被他罵得狗血噴頭，如果照單全收，柏克萊保釣會已經形同瘋人院了。不過，告別前，他拋出來這麼一句：

「我終於甩掉那個爛婊子了！」

另一方面，柏克萊的一些老朋友又傳來不同的信息，有這麼幾條：

小方已經瘋了，事情無論大小，全都無限上綱，再這麼搞下去，大家只能散夥；

柏克萊小組的所有活動，不論是政治性的還是文藝性的，已經失去了大部分的群眾，

在小方主導堅持下，極左路線完全沒有社會效應，沒有市場；

小方狂戀的對象，根本是個花癡，小方已經形銷骨立，不但身體，心理上也瀕於崩潰。

我記得，小方的對象也曾在《日出》中演出，也是一位立志救國的女科學家。

我於是想到，如果只是演演話劇、搞搞學生活動，就足以把一個農業專家毀成這樣。那眞刀眞槍幹過翻天覆地大革命的農業專家，究竟可以毀到什麼程度呢？我終於明白李登輝先生的那句「名言」了。

美麗島毀容

記憶中，台灣確實是個美麗島，然而不知怎麼回事，這個「福爾摩沙」，已經毀得差不多了。

一九六六年，出國前夕，我跟李至善兩個人，利用各種交通工具，環繞台灣轉了一圈。那一圈隨走隨看無特定目標的旅行，竟成為我多年羈留海外始終魂牽夢縈的永恆鄉愁。

李至善，山東人，國立藝專編導科出身，年方而立，給時任中影公司董事長的龔弘寫過電影劇本《貞節牌坊》，正為了他熱中追求的新電影事業積極籌備，躍躍欲試。我和他，都屬於《劇場》雜誌社的編輯同人，對白景瑞、李行等前輩所做的所謂「健康寫實電影」，有很多意見，不過，也許是因為傳統中國人的尊老敬賢習慣，也許只因自保的本能，這些顛覆性的觀念，都還沒有「發作」，只留在《劇場》雜誌內製造「茶杯裡的風波」。

那一趟旅行，是至善發起的。他想利用拍電影的空檔，全島走透透，給自己的胸中累積一些將來說不定用得上的外景素材。我只是跟他走，走到哪裡，看到哪裡。

一九六六年六月初，我接到了加州大學政治研究所的入學許可，準備九月間去柏克萊攻讀博士學位。

老實說，拿不拿博士，我興趣不大，我只想解決我心裡一直拿捏不定的一個問題——從一九一九年的五四運動到一九六六年，這將近半個世紀的歷史斷層（對我們而言），中國人究竟是怎麼走過來的？

有一天，接到至善的電話：「還有三個月時間，索性下海來玩玩吧！」他建議。

那時我在一個半學術性的洋機關任職，日常的工作主要是協助美國的中國研究學者做訪問、找資料，至善一提議，第二天便騎著我的五十西西本田機車到中影公司找他，幾天後就跟著外景隊到了台中。

中影公司投入了大部分人力財力拍攝一部現在看來相當荒謬的大型古裝片《還我河山》，主題是「毋忘在莒」，故事是「田單復國」。三位王牌導演李行、李嘉和白景瑞聯合執筒，我被分配到白景瑞那一組，擔任場記。藝專剛畢業同時也是《劇場》親密戰友的牟敦芾擔任助導，至善則是副導演。

三個人都可以說有那麼一點「居心叵測」，因爲，除了老老實實細心觀察學習拍電影的實務，心裡不免想著：如果將來有機會執導演筒，我們要拍什麼？怎麼拍？

第一次對台灣這塊土地和居住在這塊土地上的人產生自覺，大概就是這種心理狀態引起的。

雖然從九歲起就隨父母到了台灣，以後一路從小學讀到大學畢業，坦白說，我對台灣是沒有自覺的。沒有自覺的生存，一切都是想當然耳，眼睛睜開也看不見，大腦開放卻收不到信息，這塊土地是美是醜無從辨別，土地上的人怎麼過日子怎麼想怎麼做，一點也感覺不到，根本就不會關心。

一旦有了自覺，周遭的世界以及這世界裡不斷活動著的人，立刻有了不同的意義。

投入拍電影的工作，居然有這種意料不到的「洗心革面」效應，連我自己也不曾想到。然而，確實是這樣，彷彿從「看山是山」走過「看山不是山」又走回「看山是山」這麼一個又像禪境又像唯物辯證法的心理過程。

外景隊駐在台中市五洲旅社，外景點主要兩個，一在清泉崗，一在大雪山。前者讓我看到高地四望的遼闊氣象，後者更是氣象萬千，雲海、霧峰、原始林、高海拔植被⋯⋯。一個在台北市區掙扎長大在高壓禁制的政治社會空氣裡苦悶憂鬱的外省青年，忽然得到解脫，眞心讚美認同這名實相副的「美麗之島」。

遇到天氣不好或其他原因外景隊不出工的日子，有時同敦芾有時同至善有時三人一道，往往逕赴公路局車站，隨便跳上任何一輛，讓它載我們到終站，然後，興之所至，哪裡好看，往哪裡走。行到水窮處，坐看雲起時，很奇怪，每次都不虛此行。不是地方變了，是因爲人變了，眼睛變了。

外景工作結束後，敦芾有事先回台北，我跟至善便開始了我們的全島漫遊。現在回想，那時因爲還不知道鍾理和，所以沒去美濃。也因爲對台灣歷史不清楚，錯過了鹿港。此外，除了時間上有一定的限制，能跑的地方都跑了。

一九六六年的台灣，經濟起飛的腳步剛剛開始，除了幾家水泥廠製造著污染，台灣的農村、集鎮和城市，還保持在未開發的樸素狀態。日本人遺留的建設和起居方式，與傳統中國南方的風俗習慣，經過五、六十年的相糅相濟，產生了一種既非日本又非中國的特殊氣質。溫帶的移民和亞熱帶的大自然之間，也有一種互相融合滲透的效果。總之，跑完一趟以後，我有一種體會，覺得台灣這塊土地和這塊土地上先後吸收的移民，將來有一天很有可能形成它獨特的人文地理，創造它與眾不同的文化風格。這就像跑到北歐國家的感覺一樣，雖然還是白種人，又都是希臘羅馬文明的傳承，它們就是不一樣，有一種儼然不可侵犯不可小視的不一樣。

這個直覺，這個感性的結論，最近幾年到台灣多跑了幾次，有點幻滅了。

怎麼搞的？美麗島竟然變成了喧囂髒亂的垃圾島！

籠罩在這一度美麗的島嶼上空，現在似乎只有三股力量：權、利、欲。三股力量永不休止、絕不讓步，相互爭奪死命糾纏，衝擊著島上每個人的生活和神經。

別的不談，就以我住過兩年因此有一定感情的碧潭爲例。

大學時代，騎一輛單車，過景美後，一路上高大的尤加利樹在頭頂形成了交枝的綠蔭，到達防波堤附近的瑠公圳入水口，滿眼山青水碧。我經常從攔水的蛇籠壩上躍入綠波，心定氣閒，慢悠悠划往上游的沙灘茶座去獨自享受一個下午。這種人入景中、景隨人生的悠閒清涼世界，而今徹底毀滅了。碧潭變成一個奇醜無比的所謂「休閒風景區」，青山上堆滿顏色雜亂高低大小拼湊刺眼的公寓、旅社和商店，碧水因爲商業競爭，一半塡土塞滿了小生意的攤檔，一半給自作聰明的官僚用水泥砌成了步道，只剩下瘦稜稜一條弱水，上面又給幾百艘塑膠玩具式的「天鵝船」占滿。風景讓人想吐，休閒成了趕集。

從基隆到屛東，台灣的西海岸住區，如今是塑膠、水泥、瓷磚和廉價油漆的鑲嵌拼花圖。高雄和其他工業區，更是慘不忍睹。有一次，我剛好瞧見工廠區放工，落日給煙霧籠罩，像一丸巨大的紅色膏藥，流著毒汁，成千上萬的摩托車，震天價響，噴著黑煙，在污染到令人窒息的空氣中衝進衝出。

還需要憂慮統獨嗎？自我毀滅已經快要完工了。

入耳關心

不知道誰是舊說新諺的始作俑者，六、七十年代的台、港和海外知識界，不少人津津樂道下面這副對聯：

風聲、雨聲、讀書聲，聲聲入耳；家事、國事、天下事，事事關心。

道地的宋儒味，加上點自閉症傾向，我始終對那種一方面孤芳自賞同時又隨時準備出擊的姿態，沒什麼好感。

我們不談什麼經國大業、傳世文章，只談談一個普普通通的老百姓，如果按這副對聯過日子，可能有什麼後果。

很簡單，在大都市生活，如果聲聲入耳，遲早免不了精神崩潰。在今天這個大時代，如果勇敢參與，事事關心的結果，很可能得「計程車司機綜合症」。

計程車司機關心國事、天下事，已經是海峽兩岸的普遍現象。

十月初因事過北京，雖然只待一個晚上，坐了兩趟計程車（北京叫出租車），就聽到一首順口溜。

要記得，那時候，中國共產黨的第十六次大會正是緊鑼密鼓召開前夕，順口溜的內容反映了這種緊張情況。

話說江澤民午夜失眠，來到了天安門城樓上——

向上看　毛澤東陰魂不散

向下看　法輪功站樁冒汗

向左看　見李鵬虎視眈眈

向右看　朱鎔基老說想幹

向前看　美利堅發射導彈

向後看　胡錦濤團團亂轉。

這首順口溜，現在當然已失時效，不過，相信創作力旺盛的北京計程車司機，一定又有新作問世。

昨天看美國出版的《世界日報》，雲上飛在《北京觀察》報導：

「北京出租車司機是閱人無數，又是全世界最關心政治的司機。」

關於現已寫入黨章，載入史冊的江澤民「三個代表」的理論。雲上飛說：「一位司機說得好，三個代表只有在美國才已經實現……就說這三個代表的『代表廣大人民的根本利益』，不是由美國來代表的嗎？拉登要搞恐怖活動，伊拉克要有大型滅絕性武器，不都是美國政府在代表全世界廣大人民根本利益？……如果沒有美國代表著，也在指點著共產黨不能這樣不能那樣，今天中國會這個樣子嗎？」

雲上飛可能沒到過台北，他不知道台北計程車司機關心政治的程度，不但不輸北京同志，有時候，還可能超越關心，跳躍到身體力行的境界。

我自己便曾身經百戰。

有一次，好幾年前了，還不是選舉季節，是民進黨剛把「建立台灣民主共和國」寫入黨章後不久，我上了一部計程車。那天天氣悶熱，司機先生不開冷氣，卻緊閉車窗，以最大的聲量開著特別裝置的廣播器。三十分鐘的塞車過程裡，我被強迫灌輸台灣獨立運動的全套理論，其中包括：台灣地位未定論的國際法依據；台灣獨立運動史簡介；外來政權說和台灣民族非中國民族論等等。

我不敢怒也不敢言，下車照付車資之外，又戰戰兢兢附上小費。不料小費被退回，還大喝一聲，送我一個封號：「外省豬」。我至今還是不明白，那位革命司機怎麼一眼便看出我的黑五類出身呢？

此後坐計程車，便乖乖聽從台北親友的忠告，上車前，一定要辨明計程車公司的招牌。然而，又有一天，深夜時分，非某公司的計程車司機，突然自言自語起來。因爲已經是半夜一點多鐘，路上來往車輛不多，車子開得飛快，前座的四川老鄉，越說越興奮，開始罵街了。我悄悄把身子慢慢往司機座位後面挪（大概潛意識認爲比較安全），兩手緊緊抓住椅墊。老鄉突然大吼：「我日他先人板板，哪天火起來，我連人帶車就衝進他狗日的總部去！」

這個「總部」，當時相當緊張，因爲我根本不知道民進黨的總部究竟設於何處。它究竟在不在附近呢？

我相信這些歷史經驗，實在不必多說，台北人早已經學會驚濤駭浪中求生存的辦法了，只有我這種偶爾回台灣一次的人才會這麼處變大驚。

今年回台北，世界變了個樣。計程車司機不太談政治，開始談經濟了。這就引起了我的興趣，因爲既不必接受洗腦，又無身家性命之憂，還可以做些社會調查，所以，在台北一個多月，每有機會便問下面四個問題：

一、三年前，每天工作平均幾小時？

二、三年前，每天工作平均收入多少？

三、今天，每天工作平均幾小時？

四、今天，每天平均收入多少？

我每天把得到的結果記錄下來，一個月後，根據這個抽樣調查，得到一個簡單的數字。

我的抽樣一共只有二十七份，也就是說，是完全沒有科學根據的隨意取樣，因此，不能視爲眞正的社會調查，也不能據此作出科學的分析和論斷。然而數字所反映的整體傾向，足以說明今天台北的計程車司機，爲什麼事事關心的領域大轉彎，從政治改爲經濟。

二十七份問卷（口頭）中，每天平均收入這一項，今天與三年前比較，收入降低者爲百分之百，收入增加者零。

二十七份問卷中，每天平均工作時間這一項，今天與三年前比較，工作時間減少者零，工作時間增加者百分之百。

二十七份問卷全部統計，以上四組問題的答案平均數如下：

一、十一點五小時；二、（新台幣）四千七百元；三、十四點五小時；四、兩千八百元。

這些數字當然不一定十分精確，都經過一些四捨五入，而且部分司機的答覆有些含糊，例如說，十四到十五個鐘頭吧，我就算十四點五。三、四千元吧，我就算三千五百元，諸如此類。

總之，按照這個不合科學標準的抽樣調查，台北計程車司機的工作時間，三年後，每天增加三小時，收入減少一千九百元。

工作時間增加百分之二十而收入卻劇減百分之四十。請問：任何人，包括以天下國家爲己任的知識分子在內，怎麼維持「事事關心」的熱情？

從這個小小的非學術調查裡，我又有另一層體會。

很明顯，前文所引的那副宋儒述志的對聯，其實是描寫一個所謂的「士」，在飽暖之餘的精神狀態。如果連飽暖兩字也無保障，任何「士」，都可能得「計程車司機綜合症」。只不過這種綜合症，由於人文、歷史、文化習慣不同，台北的症狀與北京的症狀有些不同。後者重嘲諷，前者重行動。

這當然也就是民主與集權的分野。因爲，只有民主充分體現的台灣，才能培養和容忍敢打敢拚的計程車司機吧！

未來的蠱惑

歲尾閒居，翻閱唐人街買菜順手帶回的華文報紙，發現一條怵目驚心的大字標題：「二〇〇八年台出現女總統，打開兩岸和平協商大門，二〇一三年統一！」

這條「大」消息沒有註明消息來源，光看標題便知道，不可能是兩岸官方的文告，不可能出諸江澤民、陳水扁之口，也不可能是美聯社、路透社的報導。編輯似乎頗有自知之明，或許把它當做廣東人飲茶、四川人擺龍門陣和北京人砍大山的資料，因此只在內文前加上這麼一句：「本報台北電」，這意思無非是說：「姑妄聽之，不必認眞！」

不過，這則新聞及其處理方式，確實反映了海外華人關心國事的普遍心態。編新聞的人，知道這一類話題有市場，讀新聞的人也知道，不必追究新聞內容的可信度，但只要爲此打開話匣子，便能保證至少兩小時的熱鬧聚會。這不免讓人想起人心裡一種介乎理性與非理性之間的灰色地帶，一個閃爍不定的光點忽明忽滅，無以名之，姑且稱之爲「未來的蠱惑」。

特別是撕下一年最後一天日曆，從身不由主的生活浮沉裡暫時醒來，回想著自己生命的某一階段又給割去一塊的時刻，這一類似有理又似無理的蠱惑人心的信息，最是活躍。

未來之所以蠱惑人，就因爲它裡面埋藏一粒種子，叫做「希望」。撥弄著這粒希望種子的作者，這麼寫著：

……世界易經協會、世界易經博覽會舉行記者會，有梅花大師、上天大師、世界先知及多位預言家與會…。他們表示，二十一世紀是坤道的世紀，女人當道，陰盛陽衰的情況很明顯，他們預測，二〇〇八年台灣將出現第一位女總統，這位女總統並將打開兩岸和平協商大門，二〇一三年即是兩岸和平統一時刻……。

是未來的預測？還是某些人內心說不出來的某種願望藉預言的方式發洩一下？

我完全可以想像，以目前台灣部分選民或海外關心台灣的部分僑眾的政治素養和知識水平衡量，換了一張報紙，換了一位記者，便可以出現一篇結論恰好相反的預言。

九王公和媽祖顯靈，金口眞言預告：二〇〇八年台灣將出現一位女總統，這位女總統並將打開台灣的國際外交困局，二〇一三年即是台灣成為獨立國家進入聯合國的時刻……。

兩則預言都同意，二〇〇八年台灣將出現一位女總統，不是沒有道理的。這不是因爲坤道世紀或女性解放的問題，實在是選民和僑眾被這些年來的台灣男總統傷透了心，總要找個機會出口氣才行。更何況，這幾年，台灣的女副總統確實大有作爲，外戰內行內戰也內行。對外有能耐瞞天過海打破外交瓶頸，南進印尼而震撼國際。對內更是處處樹威。西進台商經常受教，或耳提面命，或申誡訓斥。北京當權派也不敢輕舉妄動，因爲她隨時表現氣魄。甚至總統府內的頭號領袖，也不能不一面戒備一面跟隨。輿論界就更不必提了，「嘿嘿嘿」一案開了政府控告媒體的惡例，今後怎能不戰戰兢兢。

女總統是海內外相當一部分群眾的共同願望，這個願望其實不難理解。當男性的暴力傾向發展到毀滅性的程度，受威脅的人自然寧願接受柔來柔去的統治，即使哭笑不得，總比玉石俱焚好。

未來的蠱惑終究是人類的特權，因爲人是唯一有時間自覺的動物，活著的人知道自己會死，死亡的威脅，對於人，已經不限於本能，變成了可以理解、經營甚至超越的精神資源。

上述這一類預言，也屬於破解未來之謎的方法，只不過，它代表的是一種比較單純素樸的活動，對我們的眞正提升，收效不大。

中國人的俗世智慧中，其實早就有更合理可靠的辦法，所謂「後之視今，猶如今之視昔」，簡單說，就是用回想過去來代替臆測未來。

仔細想，每個人的一生大概都會有這樣的經驗：三、五年前對未來產生的期待和預估，三、五年後回想，便不難發現當年的謬誤，隨之又從這種謬誤的反省檢討中，重新規畫未來。這個過程，心理學上叫做「試誤法」（trial and error），美國心理學家桑代克（E. L. Thorndike）認爲，動物的學習，一般都是通過「嘗試—錯誤—再嘗試」這樣一個反覆漸進的過程，這種過程有時甚至是盲目的，但最終一定能取得進步。人，作爲一種動物，在解決生活上不斷遭遇的各種問題時，基本上與動物實驗迷宮設計中橫衝直撞的白老鼠沒有太大的分別。

依照這個邏輯推想，根據過去的經驗判斷未來，則前述預言中有關二〇〇八年台灣總統選舉的問題，性別的選擇就似乎不是決定因素了。從錯誤的痛苦中總結經驗再出發，歷史的鏡子似乎告訴我們，以台灣的處境分析，一個精於在選戰中求勝的領導人，並不一定善於處理複雜萬端的兩岸關係和國際政治。台灣需要的領導人，也許不是能言善道的律師，而是頭腦更細密、作風實事求是而且眼光更遠大的企業家。

不過，這樣一來，埋藏著希望種子的未來，是不是失去了它的蠱惑性？人，究竟與白老鼠不太一樣，白老鼠不可能產生「人生不滿百，而有千歲憂」的感歎。除了實實在在地掌握未來的航向，人，還是需要一點什麼的。

今天的《紐約時報》上，又有一則小小新聞，恰好可以做個注腳。

紐約下東城警察局今天逮捕了一位算命先生。據報導，美國法律規定，以算命方式指導別人的未來，是一種犯法行爲。然而，美國的法令並不徹底取締預測未來的算命職業，但有一條重要的分別。算命這一行業，包括爲人算命與請人算命的兩造在內，都屬於娛樂行爲，跟電影、電視、流行音樂、馬戲班、街頭雜耍一樣，是以適量金錢交換短暫休閒的手段。如果認眞的程度超過這個範疇，試圖嚴肅改變他人的生活道路，就得坐牢罰款了。

雖然沒有可靠的統計數字，多年來耳聞目睹，我相信世界各國之中，以相信算命的人口比例論，台灣一定名列前茅，這多少表示了台灣人對前途不定因素的焦慮，已經不是娛樂或犯法問題，而應該是社會心理學者探討研究的主題了。

二〇〇三年開筆，對於未來的蠱惑，不妨作如是觀。

非黨性輿論

《蘋果日報》在台灣創刊，文化界的朋友議論紛紛，有的替《蘋果》擔憂，認爲港式平面媒體可能抓不住台灣的讀者，投資人也許在下一著險棋。但也有人看好《蘋果》，反倒替首當其衝的三大報捏一把汗。

總之，我覺得，台灣的報業，近十年來，雖不能說是一攤死水，但幾家大報的立場與言論，隨著政治掛帥的空氣，越來越變得容易預測。有時候，面對相同的議題，文章和報導往往南轅北轍，徹底反映了邏輯思考的懶惰。嚴格點說，台灣的主要報紙，是否已經走向有黨性無輿論的地步，確實可以商榷。當然，這裡的所謂「黨性」，應解釋得稍微廣義一些，即群黨而非政黨之謂也。

然而，即使作最廣義的解釋，這種走向還是讓人憂心忡忡。正本清源，我們必須朝歷史追蹤。

媒體在西方一直被視爲第四權，是現代社會重要的制衡支柱。在中國近現代的歷史進程裡，我們的第四權，其誕生和茁長，可以說歷經艱辛。報業所以同黨性分不開關係，主要是因爲在歷史淵源上，報紙往往是政治活動的副產品。

如果從辛亥革命前後算起，主宰和影響大陸和台灣近百年歷史生活的三個執過政的政黨，沒有一個不是以一套特定的意識形態作指導並以組織行動實行社會改造爲宗旨的。社會科學家把現代社會的政黨粗分爲兩大類：革命政黨和非革命政黨。毫無疑問，我們小老百姓這一百年來碰到的前述三個政黨，全都屬於革命政黨，即便革命的手段，隨著時代變遷和客觀環境制約而有所不同。

革命政黨雖然因爲哲學和信仰不同而體現了不同的問政和執政風格，但有一點萬變不離其宗……它們都先天注定要以少控多，以小吃大。因此，除了組織上的擴張需要，宣傳遂成爲其集體生活的命脈。爲了改造它們不滿的社會，爲了動員群眾參與它們的「大業」，爲了影響人們的思維方式，革命政黨把社會輿論公器轉化成文宣工作的利器，這是近現代中文報業史上黨性色彩特別濃厚的基本原因。即使在今天，消費者對知情權有了廣泛自覺，更由於資訊爆炸和媒體多面向的發展，報業早已失去過去獨特的壟斷地位，就算以普通企業手段來經營，都應該盡量配合、適應消費者的需求，盡可能降低自以爲是的「群黨」心態。然而，衡諸事實，近年來的台灣報業，往往受政治風潮影響而隨「黨性」之波，逐「意識形態」之流，在言論傾向與報導的選擇方面，不自覺地流於「黨性輿論」，坐實了「偏袒式意見領袖」之譏。

我這麼說，聽來不免抽象，不妨舉些實例。

就以最近發生的不大不小的新聞事件爲例。

ＳＡＲＳ疫情發生後，行政院衛生署登了一則呼籲全民注意並提醒大家如何有效預防的廣告，這本來是衛生署應該做的事，問題出在廣告內容中五條注意事項之上，來了一條不倫不類的警告式導讀：「ＳＡＲＳ與『匪諜』都來自中國，全民的努力，在台灣其實ＳＡＲＳ遠比『匪諜』少」。

這一段文案，文字本身就不通，「全民的努力」五個字，與前後文究竟什麼關係？如何解讀？令人莫名其妙。官僚作業連最簡單的文字都寫不通，倒也無所謂，把ＳＡＲＳ與匪諜並列，且把罪魁禍首的箭頭指向中國，這裡面實在有太多黨性。衛生署有必要這麼做嗎？能夠以「幽默」兩字推搪塞責嗎？

第二天，我買了幾份報紙來看，廣告果然引起了爭議，不過，奇怪的是，國會議員就這則荒唐廣告進行的質詢，有些報紙大作文章，也有報紙一字不提。

就這則廣告而言，站在納稅人的立場，主管國民健康的政府機構，花我們的錢登廣告，順便夾帶黨性政治任務，報紙大作文章是必要的，但文章作法裡面是否又要夾帶另一種黨性任務呢？一字不提則更是表現了護短的濃厚黨性。

這種例子不勝枚舉，幾乎無日無之。李登輝二億九千萬元來得迷離，去得糊塗，裡面牽涉的問題，複雜萬端，疑雲重重。爲什麼也是有的報紙大作文章，有的報紙一字不提？

無辜的報紙讀者，我們神聖的知情權，就應該這樣給牽著鼻子走嗎？

平心而論，近十幾年的台灣民主發展，是有相當成績的，但我們不能大意，民主雖然是潮流，在一定的歷史條件下，不是不能開倒車的。尤其是因爲我們有一百年的新舊革命傳統，而這種革命傳統帶來的，與西方資產階級革命產生的民主政黨很不一樣。我們的三大政黨都或多或少地沾染了列寧主義的建黨理論，這當然也不足爲奇，在封建家長式的舊傳統中開創新局，尤其在第三世界的經濟落後社會，列寧式政黨往往有奇效。然而，捷徑固然可以走，卻不能不高度提防它帶來的遺毒。

黨性輿論就是這種遺毒之一。所謂黨性輿論，今天的台灣，與國共競相以一套理念爭取成爲中國的主導政治力量那段時期，顯然已經不同，跟民進黨以一套理念打拚從而奪取政權的那個階段，也不一樣。今天的台灣，主流報紙之所以仍然殘留黨性輿論的作法，其實是報界倫理未能適應社會轉型的後遺症。現代報業的倫理基礎，建立在眞相調查、客觀報導與全面資訊的提供上。現代報業的從業人員，背後當然應該有一套哲學，但這種哲學不能染上意識形態的色彩。他們心目中自然也有個服務或效忠的對象，但這個對象，不應該是政黨、利益和壓力集團或甚至某種民粹主義的群體。

現代民主社會的報業，只有一個效忠對象：全體消費者、納稅人和公民的最高利益。台灣目前的主流報紙，其誕生與發展皆有其歷史淵源，但這些歷史遺留物早就應該丟進歷史垃圾箱，爲什麼至今陰魂不散？前此時候，出現過黨政資金退出媒體的要求，這是朝正確方向邁出的第一步，報界從業人員的深刻反省，重新釐定自己的哲學基礎，也刻不容緩。

在這樣的歷史情境中，《蘋果日報》在台灣創刊發行，確實再好不過，因爲它很可能爲台灣積習已深的主流報紙帶來巨大的良性衝擊。

《蘋果日報》爲私人擁有的現代企業，在香港的業績有目共睹，它與台灣本地的任何黨派沒有絲毫瓜葛。沒有這種歷史包袱，它最有可能發展成可靠的社會公器，眞正爲消費者、納稅人和全體公民服務，從而成就爲台灣急切需要的第四權的有力代表。

這是我們的殷切期望。

斯德哥爾摩綜合症

戰雲籠罩的此刻，美國人突然得到上天恩寵，神祕失蹤九個多月的十四歲小女孩伊麗莎白．斯馬特（Elisabeth Smart，現已十五歲），忽然找回來了，而且，看來面色紅潤、神態活潑、身體健康，甚至比失蹤前長大成熟了，從少女變成了小婦人。

事情發生的那一天，人們不再關注布希與海珊，主戰反戰的無休止辯論也沒有人聽，重要的電視新聞節目，立即換了一批新面孔，退休將領、中央情報局反恐專家、國際政治評論員……全不見了，換上了聯邦調查局幹探、兒童心理學者、宗教界人士和一夫多妻制的專業研究人員……。

對於台灣的讀者，一個小女孩的失蹤案，居然引起全美國如此廣泛的騷動，挑撥了如許複雜多端的社會神經，委實難以理解。然而，這個案件，實在是另一面窗子，讓我們窺見好萊塢或華爾街日報從不認眞傳達的美國。一個社會內層眞實動態裸露的美國，通過這一事件，呈現在我們面前。

一九七四年五月，在北京華僑大廈的餐廳裡，我也有過一次這樣的經驗。那天，老趙剛從紐約經香港抵達北京。他動身比我們晚十幾天，那十幾天，我們在桂林、蘇州、杭州遊山玩水，與世隔絕。他到北京後，帶來了美國最新的消息：加大女學生派翠霞．赫斯特綁架案的驚人發展。

赫斯特是美國西部報閥世家的繼承人，被六十年代一個神祕新左派組織「共生解放軍」（Symbionese Liberation Army，簡稱ＳＬＡ）綁架。一個多月以後，北加州某銀行來了一批武裝搶匪，從保安電眼留下的影片看來，那個名叫唐雅（Tanya）手持衝鋒槍的搶劫犯，就是失蹤的派翠霞。

多年後的審判中，派翠霞承認，她在犯案當時確已認同綁架她的那批加害人，從被害人的意識搖身一變，成爲同志。

一九九三年，瑞典首都斯德哥爾發生一起銀行搶案，搶匪劫持了三十多名人質與警方抗衡。事後，社會大眾完全不能理解，爲什麼這些人質在事件過程中不與警方合作，反而一面倒向搶匪。這個案例，後來的心理學家稱爲「斯德哥爾摩綜合症」（Stockholm Syndrome）。這種心理綜合症的特點是：當人的生存面臨無法違抗、逃避的危險時，人格開始轉化，甚至轉化到直接與威脅他生命的加害人認同。這就證明，人類的求生本能強大到足以推翻一切既存體制、原則與習慣，而且不會產生任何自咎自責情緒。

前文提到的伊麗莎白失蹤案又是一個例子。

伊麗莎白生長在一個上層摩門教家庭，父親是房地產開發商，一共有六個子女，每一個都美麗、活潑、可愛。伊麗莎白不僅外貌惹人憐惜，內心的發展也優雅正常。她熱愛豎琴，夢想將來進茱麗亞音樂學院深造。去年六月五日深夜，有人割開紗窗闖入她的臥房，在刀尖脅迫下被綁架。事後，伊麗莎白的家人發動了成年累月大規模的尋人行動，但根據目前破案後逐漸透露的線索發現，有差不多三個月時間，伊麗莎白就跟著綁架她的米契爾與巴齊兩夫婦，在她家後面不到三英里半的山上露營，有時還在光天化日下進入鹽湖城逛街、購物甚至參加戶外園遊會，除了穿上一套阿拉伯婦女式的寬鬆長袍和面罩，一點被脅迫綁架的樣子都看不出來。這樣的生活方式，伊麗莎白如果想逃，隨時都有機會，她自己現在還說，在山上那段日子曾聽見她叔父叫她的聲音，居然沒有任何動作。

巴齊也是一名音樂家，管風琴高手，現年五十六歲，她向友人透露，二〇〇〇年感恩節那天，她的丈夫米契爾突然得神諭，要他娶七名女子爲妻。米契爾現年四十九歲，自認爲先知，經常在鹽湖城向無家可歸的遊民傳「福音」。二〇〇一年底，伊麗莎白的母親施捨了五元錢給他，並幫他忙，讓他來家裡幫她丈夫掃落葉、修屋頂，前後不過五個小時，米契爾決定，天眞無邪的伊麗莎白即是他奉神諭應娶的七個女子中的第一個。七個月後，他採取行動，並在綁架當晚，與伊麗莎白舉行特殊儀式的婚禮。

山上盤桓三個月後，天氣漸冷，三個人著白衣白袍，搭長途公共汽車前往加州聖地牙哥一帶，混了差不多半年，米契爾又在神諭之下，動身回到鹽湖城。就在他們抵達鹽湖城南面一小鎮不到十二個小時左右，一對喜歡看《美國頭號通緝要犯》紀錄片節目的夫婦，認出了米契爾，電話報警破案。

這個離奇綁架迫婚案中最讓人不解的謎團依然是：伊麗莎白為什麼從頭到尾從未試圖逃生？甚至在被帶到警局隔離單獨問話的時候，伊麗莎白還是拒不透露自己的眞實身分。警察最後拿來了她的照片，直接叫她本名，並誠懇告訴她，家人已經找了她九個月，都快崩潰了，全美國都在找她，她現在已經安全了……。才看見她臉上忽然出現了劇烈表情變化，彷彿從一場噩夢中醒來，承認自己就是伊麗莎白。

美國每年發生的兒童失蹤案成千上萬（去年達三千八百多起），多數失蹤兒童在案發三小時內遇害，像伊麗莎白這種失蹤九個月還能安全找回來的例子，極為稀有，難怪媒體把它當做戰爭、恐怖主義、經濟萎靡各種苦難陰影中一則振奮人心的大喜事，瘋狂炒作。

不過，這則新聞的意義，對於我，確實不限於時局困擾中暫緩心神的安慰劑，主要是這件案子透露的人心惟危部分，發人深省。

斯德哥爾摩綜合症似乎不但適用於普通刑事犯罪中的受害者，「九一八事變」之後的東北，「七七事變」後的中國半壁江山敵占區，不少中國人把自己的身分調整到與日本侵略者完全認同。二戰時期納粹占領下的法國，也有這一類「合作者」（collaborators），似乎都是斯德哥爾摩綜合症的患者。

台灣的情況也值得談談，日本對占領的殖民地，採取過高壓與懷柔兩種不同的政策。朝鮮實行的是高壓到底，戰後的反日立場便非常堅定。台灣除征服初期手段殘暴外，後來幾十年的殖民政策比較寬容，因此仇日情緒從來不像中國和朝鮮那麼根深柢固。許多人不了解，爲什麼李登輝先生談到「外來政權」時，彷彿專指一九四五年以後的國民黨政權，日本殖民的五十年，對他好像成了美好的回憶。

這就是斯德哥爾摩綜合症的弔詭處。被控制的受害者在初期驚嚇後，求生意念開始抬頭，此時的懷柔政策特別有效。受害者不但認同加害者，甚至對加害者產生感恩心理。伊麗莎白坐上警車回家途中，還對米契爾與巴齊這兩個毀了她一生的魔鬼表示關心。這是斯德哥爾摩綜合症諸種病狀中最難治療的一種，不幸，李登輝先生得的病，就是這一種。

磁吸

報載「大陸磁吸效應在教育界擴大，越來越多台灣名校高中生及大學生利用暑假期間前往大陸參與研習營和交流性研究，並紛紛表示，未來考慮前往大陸繼續深造。」

這段新聞文字，首先讓我想到老西。

預官退伍後，出國前，我曾在當時仍在興建階段的石門水庫建設委員會裡當過半年翻譯。

老西跟我同業，兩人都住在大壩工程處的工地單身宿舍裡。

我們都是台大文學院畢業的，在校時彼此不識，到了這裡，很快成為知交。那是個「來來來，來台大，去去去，去美國」的時代，二十出頭的年輕人，即使勉強找到一份職業，還是覺得「走投無路」。在大壩工地灰沙蔽天、重型機械製造著震耳欲聾的噪音裡討生活，老西和我，每天在疲倦枯燥的生活裡尋找希望。

單身宿舍裡還有一大批台大、成大、中原畢業的工程員（那時清大和交大尚未成立），也一面混著日子，一面準備留學考、托福試。然而，這批工科畢業生，精神面貌大不相同。成績好的，獎學金、ＴＡ、ＲＡ（助教、研究助理）之類的經濟援助（financial aid）根本不用愁，就算是平庸一點，先期赴美的同學朋友也都會照顧，他們是快樂的一群。

單身宿舍有點像軍營，大通鋪上各人一塊長條空間，堆著寢具，換洗衣物塞在床底抽屜裡，上班、出客的「禮服」，就都掛在板壁鐵釘上。大通鋪靠裡間有個十分別致的空間，不知誰，用工地不缺的建材，釘了一張矮腳方桌，那裡沒日沒夜，永遠有個麻將局。我們的工作是八小時一班，上班前下班後，誰有興趣，誰上桌。

我跟老西的友情，便是在永恆不斷的麻將聲中建立起來的。

老西外文系，比我高一班，英文程度也比當時的我好得多。我的英文是標準的眼高手低，因爲是靠讀英文原著哲學書學來的，康德的複合長句也許難不倒，日常生活的小事情，卻經常弄不清楚，第一天上班就鬧了一個笑話。

那個美國顧問是個高大粗壯的韓戰退伍軍人，說話行事不免帶點藍領色彩。我記得一見面第一句話他是這麼說的：「Tell them S-O-B bring the God damn pin over here!」

S-O-B和God damn倒還好，美國電影看多了，有學習機會。只有那個pin，怎麼都猜不透。通過英漢字典學英文，pin的第一義就是針，我只知道這個，所以我就刪掉了那兩個粗話，對一旁等待的工作人員說：「他叫你們把針拿過來！」

一群黃面孔藍領工人面面相覷。

「什麼針？他要什麼針？」

工地上，有一道台車軌道，是通往大壩底下發電廠的臨時運輸工具。美國老粗要的是一條大鐵槓，好把兩輛台車接在一起加長負載面，運鋼管。

出了這個醜，有幾天，簡直無地自容。哲學系出身的人是要計畫重建人類的宇宙概念系統的，居然栽成了這樣。開飯時少了一雙筷子，便有人說：「我的針呢？」牌桌上的牌尺不見了，便聽人大叫：「針放哪兒啦？」

那天下班後，老西約我去散步。大壩已快成形，溢洪道還沒開始使用，基本斷了流的水道很淺，露出了大片河灘地，我們找到一塊高出水面半層樓的大磐石躺下。

「有機會，還是要走！」

老西說。

走？怎麼走？走哪兒去！

「並不是所有中國人的地方都這麼無聊，這麼爾虞我詐！」

老西有一台短波收音機，我們都知道他經常在某個時段耳朵緊貼收音機，幸好單身宿舍裡的人比較單純，每個人都是短期過客，大家都在等，美國大學的入學許可一到，便請假上台北，辦役男出境同意書、留學證、護照和簽證。江西人補碗，自顧自，沒有人願意惹麻煩，也就沒有人打報告。

我常常聽老西報告一些大陸的「眞消息」，西藏農奴翻身了，湖南建了小水電系統，陝西抗旱勝利……之類的，但打動我的卻不是這些完全與《中央日報》相反的報導，一個有理性主義主導而且在人際關係上確立了同志兄弟感情的烏托邦，在石門水庫單身宿舍那種黯淡的氛圍裡，彷彿暗夜海上一盞照明燈。

一九六六年秋抵加州柏克萊，便聽見同道朋友中流傳著一個故事。

老西到美國後，跟小傅結婚，兩人通過某種祕密管道，潛回大陸參加革命去了。

小傅也是當年台大的風雲人物，每一年的運動會，她擔任大會司儀，台風好，聲音甜美中透出健康剛強。老西則是蒙古人，他的回歸，更證明不是大漢族沙文主義作祟。人家是幹眞的！

那個年代，老西和小傅不是孤立事件。

到柏克萊沒多久，我們收到陳若曦和段式堯夫婦的兩封來信，一封發自上海，一封發自北京。

這兩封信輾轉傳遍新大陸各大學校園的進步讀書小組。上海來的一封尤其鼓勵人心，陳若曦在上面說（大意，原文記不住了），終於體會了無產階級當家作主後那種無畏的精神面貌，那裡的服務員完全擺脫了資本主義社會那套虛情假意云云。這一條，我一九七四年到大陸親自體驗後卻有了不同的理解，那裡的服務員態度惡劣，好像與無產階級當家作主無關，我的直覺告訴我，他們心裡都有股莫名其妙的怨氣。

兩封信之後，陳段兩位的來信中斷了，然而，留美左派小組裡毫無警覺，大家都認為，眞正參加了革命的人，哪還有閒工夫給國外的人寫信！

紅色中國的磁吸效應，在全世界學運中蓬勃擴大，台港留美學生中，陸續有不少人熱情洋溢意志堅決地斬斷一切過去的聯繫，歷經種種波折，回中國參加「改造人類」、「重建世界」的不朽事業。

一個時代過去了，又一個時代過去了。當年不畏艱難、不怕犧牲的年輕人，一個個被歷史的浪潮淹沒。

文革過去後，「撥亂反正」的中國逐漸傳出來一些消息。尤其是有台灣背景的人，文革期間吃了不少虧。誰相信這世界上還有人會爲了解放全人類犧牲美國的功名利祿？誰又能證明，這些人不是國民黨派來潛伏臥底的間諜？

七十年代末期，終於決定恢復正常的陳若曦在香港發表了《尹縣長》，爲中國民主知識青年投身社會主義這一延續半世紀以上的運動，畫下了終點。

那麼，寫下這一段故事，難道是爲了針對歷史的反覆提出警告嗎？

不是的。

我們又進入了一個新的時代。

從這段新聞報導，我感覺，大陸與台灣的文化社會整合，來到了另一個階段。台灣的大、中學生，跟我們那時候相比，根本是不一樣的族類，他們的夢，完全不同質。大陸的學校環境，也再不是大革命的一個環節。

產生磁吸作用和接受磁吸效應的兩造，如今都在可以計量的理性基礎上各自運作了。這樣的一個無夢時代，也許失去了某種魅力，然而，他們可以成就的，卻不再虛無縹緲了。

老西，我後來再沒見過，但聽說在某省當了高層領導，也許他文革時吃過苦頭，又復出了，也許因爲他回去早，又在比較偏僻的省份，竟因此躲過災難，也未可知。至於他是否眞覺得理想實現，就無從知道了。

總之，老西的故事，在我心目中，至今仍享有神話般的地位，像赤壁的月光一樣，成了我們那個時代的一個見證。

動起來了

一九九二年，因怕三峽大壩動工後再也看不到古典文學中詠歎的長江原貌，遂有萬里中國之行，跑遍了上海、南昌、武漢、重慶、成都、昆明、北京、南京各大城市，並以三峽遊爲重點，自宜昌登輪溯江而上，直抵重慶朝天門碼頭。這一段水上航行，印象特別深刻，彷彿腦背後有個呼之欲出的意念——我航行的，也許就是農業中國與工商業中國的一條歷史分水嶺。

看中國這麼複雜的大國，心裡必須有個估計。我了解，中共的改革開放政策裡，可能蘊含一條思想，戰略部署像橫躺下的「工」字。「工」字第一筆，也就是開發工程的第一個階段，沿著海岸線走，從東北重工業區往南，經河北、山東、上海、江浙、閩粵到深圳，利用香港原有的優勢，與世界市場經濟接軌。

長江大壩這個跨世紀的巨大項目是「工」字第二筆的龍頭，龍頭一做好，整個中原腹地和富裕的長江三角洲便一路連上天府之國四川，成了一整條活龍。這就爲「工」字第三筆「開發內陸」打好了基礎。所謂「全國一盤棋」，大概就是個宏觀操控的理念吧。

帶著這些想法，一路體會觀察，寫了些札記，回到台北，躲在我大妹家的閣樓上，一口氣寫了九篇報導，編爲一集，題爲《走過蛻變的中國》（收入皇冠版《我的中國》）。從書名上可以看出，內容的重點在「蛻變」兩個字。

一九九二年的中國，改革開放十年，變化還不能說翻天覆地，彷彿舊時代婦人小腳放大，走起路來不免搖搖晃晃。然而，細心看，仍可見一些規律，也感覺到某種方向。

也許應該把那次旅行的最後結論寫在這裡，作爲我這次旅行的背景參考。

有點像結論，也有點像預言，我寫下了這麼幾段話：

四十幾年的中共統治，是不是完全浪費了？我不這麼認爲。

一種重組織守紀律的中國人，取代了魯迅那個時代的中國人。這是現代社會成員的一個重要素質。

一種無神論的理性主義生活態度，如今普及到每一個受過教育的中國人心中，這也是重「量」化的現代生活的必要條件。

從所有這些看似矛盾的雜亂印象裡，我看到了中國人的希望。

這段話，還應該有一個注腳——走遍大江南北，無處不在的市民文化已全面復活。民間的想像力和創造力，禁錮多年，一旦鬆綁，生活層面的每一個角度，都可以發現蓬勃的生命力。

今年十月四日至十四日，由於特殊的機緣，我跑了大連、瀋陽和汕頭三個從沒去過的地方。雖然旅行的目的不是爲了社會觀察，多年習慣一時也改不了，東看看西看看，總免不了設法印證十年前的那個結論。

即使接觸、觀察的範圍與深度極爲有限，胸中仍有壓迫感，不能不說，中國這個古老的國家，終於全方位永不回頭地動起來了。

睡獅醒了，拿破崙的預言，雖然隔了兩百多年，還是應驗了。

先說說這次旅行的特殊機緣。

我的訪華身分是「業餘高爾夫球運動員」，我們這個團一共四人，團長姓楊，但他的母親爲葉赫那拉氏，慈禧太后第四代嫡傳，一直希望她這個在國外長大的兒子回祖宗發源地看看，做兒子的卻是個球瘋子，甚至取得了美國正式教練執照，要他回東北，他有個條件：除非有球打，否則不去！於是組成了「美國華人高爾夫球尋根訪問團」這個不倫不類的東西。我們的接待單位是遼寧省僑辦和體委，除了參訪之外，還安排了四位專業高球教練跟我們舉行友誼比賽。

打球的事，暫且不表，我只是藉此說明，因受訪問團性質影響，這次去中國，不可能跑透，但即使浮光掠影，走馬看花，還是震動不已。綜合起來，我想談三點。

第一先談人。新一代的中國人，二、三十歲的，是我先後到中國多次從來沒看過的完全不同的族類。跟台港海外二、三十歲的華人相比，他們也很現實，頭腦冷靜、效率高、反應快，不同的是，他們開始有一種泱泱大國的自信心，而這種自信心，跟他們的上一代相比，卻又有質的差別，意識形態的包袱全拋了，彷彿突破了上一代中國人的集體主義思維的桎梏，爲自己找到了又有集體自豪又不妨礙個人自由成長的空間。這種方式的集體與個人的微妙平衡結合，跟我看到的美國二、三十歲一代人也完全不同，前者穩定，後者飄浮，只要一接觸，便感覺得到。

毛澤東說過：「這世界是你們的，也是我們的，但歸根結柢是你們的，你們是早晨八、九點鐘的太陽。」我這次看到的八、九點鐘的太陽，不知社會主義爲何物，但是，凡現代人必備的條件，從生存競爭的各種手段到生涯規畫的細微末節，無不熟諳。前文提到的那種重組織守紀律保持理性主義生活態度的中國人，原是上次旅行觀察的推想，想不到十年之後

「變本加厲」全部體現！這一代新人就是未來三十年中國人的樣本，中國將按照他們的頭腦和性格崛起東亞、矗立世界。

其次，我看到一個與西方發達世界不同的發展模式，這個模式，建立在人際關係的無間隔無隱私的密切往來上面。

有時候，發展晚也有晚的好處。毛說過：一張白紙更好，你可以在上面畫最美麗的圖畫。只不過，這張即將出現的美麗圖畫，不再是共產主義！

我只談一件看來微不足道的小事。

現在的中國，幾乎人手一機，連美容院，卡拉ＯＫ的小姐都可以隨時通過衛星談生意。十年前，要想買張火車票，你只能靠僑辦、外辦的陪同拉關係找門路，現在，像這次在大連經驗到的，因爲要改機票時間，一面坐著麵包車參觀旅遊，一面通過手機辦事。參觀沒完，事已辦妥。中國的通訊事業起步晚，因此避開了高成本大工程的有線通訊，手機把全國聯成一片，目前的普及率可能還沒趕上先進國家，但增長率驚人，一個靠無線通訊和電腦網路辦事和做人的社會，已隱然成形。

除了人與物，還有錢，這是第三點。

社會主義的舊中國，錢是罪惡骯髒的標準符號。這個觀念，已徹底瓦解。

在資本主義（或稱爲市場經濟，至少對中國官方而言，聽來比較順耳）的新中國，錢已經成爲權力的象徵（我們何等熟習！），這個變化，十年前還不怎麼明顯，現在已到了露骨無羞的程度。這，是不是一件壞事呢？肯定，貧富迅速兩極化將引起複雜的社會問題，西方國家靠的是職工組織（工會爲主）、稅制（累進稅率）、社會福利等體制制衡救濟手段，和立法、輿論的監督糾察。當前的新中國，理論上還得靠共產黨的良心。良心當然是完全不可靠的，尤其面對貪吝心。

我相信，到中共新的領導層接班換代完成的時候（十一、二月的十六大是個關鍵），從中央到地方的人大機構擴權和各級司法機關的獨立化，遲早必須提上日程，共產黨不這麼做，新興社會力量就有可能取代它，這是不以人的意志爲轉移的社會規律，歷史列車已加速起跑，誰都擋不住了。

從罪惡到權勢，錢這個觀念，我感覺，在中國新人類的頭腦中，有了新的意義——它已成爲改變個人命運的工具，這個觀念的重點是「個人」。

瀋陽、大連、汕頭是三個發展形態完全不同的城市，貫穿這三個城市的基本變化，就是以上粗略談到的共同點。三個城市的硬體設施和軟體運作，以西方甚至以台灣標準看，仍嫌粗糙，然而，潛藏的動力，確實可感。

在回台的華航飛機上，一股揪心愁悶抓住了我。台灣，我的心智故鄉台灣，再不覺醒，恐怕來不及了。

十一月的紐約

十一月的紐約，忽然從南方吹來一陣暖風，街上敏感的行人，立刻換上了夏裝，漫山遍野的黃葉，卻一時無所適從，掉也不是，不掉也不是。這光景，就像新近落敗的民主黨人，懸在半空，不知該選擇自由主義光譜的左側還是右端，驚惶失措的模樣，彷彿連自己的面目都已無從辨識。

《紐約時報》的一幅政治漫畫，道盡此中尷尬。一頭騾子（民主黨的象徵動物）失足落水，大海茫茫，只有一塊浮木，浮木的木紋與柯林頓的前搭擋高爾長得一模一樣，漫畫的標題是：

「抓住這段木頭求救？」

有些專家認爲，民主黨這次慘敗，其實對高爾二〇〇四年捲土重來，還可起些推動作用（減少了黨內競爭）。高爾本人也似乎感覺到這一點，這幾天，活動頻繁，從穿著打扮開始，力求改變呆若木雞的形象，甚至答應ＮＢＣ每周六晚上的全國聯播搞笑秀ＳＮＬ（Saturday Night Live），十二月七號擔任主持人。這個秀每次請位名流主持，觀眾都明白，主持人得不遺餘力地自我糟蹋，才能取得最大喜劇效果。不決心兩年後披上戰袍，高爾何必這麼作踐自己。

期中選舉是美國民主過程中四年一次大選之間的一次大較量，目的不在白宮，而以國會山莊的爭奪爲主，部分州長的改選爲輔。歷年期中選舉，自一九〇二年以來，執政黨沒有不在國會丟掉幾席的，因此，傳統的做法是，在任總統通常都盡量少動少說，以免選舉失利，把兩年後的連任機會搞砸了。共和黨這次的做法出人意表，布希手下競選策略第一把高手卡爾·洛夫（Karl Rove），反常理出牌，最後五天，安排布希連闖十五州站台助選。這個賭注壓得夠大，如果失敗，不要說兩年後，這兩年的日子都不會好過。本來就在票少爭議大的情況下勉強取得政權，期中選舉這麼豁出去玩命，很可能把「九一一」送來的一些老本全部玩光。爲什麼這麼幹？

這裡牽涉到一個mandate的問題。

所謂mandate，傳統中國可能就叫做「天命」，在美國，也許應譯爲「授權」。

不料，布希手風特好，這一豪賭，眞給他賭出了原來根本沒有的「天命」。選後第一樁大事，布希向餘日不多的這屆跛腳鴨國會，送出一個大案——設立國土安全部（Department of Homeland Security）。觀察家咸信，這個因必然要犧牲公民權和人權而充滿爭議的議題，在民主黨望風披靡的形勢下，必然順利過關。

在野的民主黨，號稱是工人、少數民族、婦女、社會弱勢群體的代言人，爲什麼這麼不爭氣？

所有重大議題，都是民主黨煽風點火的好材料。兩年經濟不景氣，失業率自布希上台以來，從不到百分之四節節上升到百分之六左右，股市崩盤後至今疲軟，大減稅政策抽乾了國庫，政府財政赤字立刻又要出現，聯邦儲備會連續降息十二次，製造業仍然負成長，環境品質降低，社會治安開始敗壞……。然而，選舉結果，民主黨在眾議院的席次少了八席，共和黨增加六席，如今是二二九對二〇三，力量削弱。參議院情況更糟，民主黨選前以一席領先，勉強多數雖不可靠，但至少可以發揮較大制衡力量，現在丟了三席，共和黨增兩席（還有一席要到十二月七日重選），參院版圖重畫，民主黨今後只能靠不合作、拖延手段在立法領域打游擊戰爭了。

布希如今有國會撐腰，接下去的大法官提名和任命，必然向保守派陣營尋才。大法官是終生職，也就是說，今後不知多少年，美國的司法權也將掌握在保守主義者手中。

紐約的十一月，吹的是共和黨的暖風。

民主黨的慘敗，有人分析，是因爲他們根本沒有能力向全國選民宣傳一個統一的信息。一向是民主黨選民骨幹的AFL-C10（美國最大的工會聯合會），主席約翰．斯文尼（John Sweeney）說，他們覺得「兩個政黨都沒有拚經濟的計畫，但這對民主黨卻是個特別嚴重的控罪，他們在工人最重視而應該由他們代表的那些議題——就業、經濟、保健——上，必須清清楚楚。」

所以，民主黨有十個議題，沒有一個焦點；共和黨只有一個議題——反恐，這個議題的象徵人物布希，抓牢這個國家安全問題，打了一個破百年歷史紀錄的大勝仗。國家安全眞是個有用的東西，懂得利用的政客，可能也不限於美國吧。

上星期六，長島一位朋友在家裡開晚會，到場的有中外詩人、音樂家、藝術家和崑劇、京劇票友。我因對大庭廣眾的詩歌朗誦不太習慣，遂藉故逃到屋外陽台上去抽菸，不料碰到一個久未見面的老朋友。老朋友是個白人，六十年代也反叛過的。兩人避難抽菸期間，有這麼一段對話：

「投票了嗎？」我問。

「投了。」我吃了一驚。

「選民主黨？」

「不，我選布希推薦的人。」

「什麼?」

「噢，現在的問題這麼複雜，這麼困難，布希做得很不錯了……」

六十年代的反戰青年?我簡直不能相信自己的耳朵。這個世界怎麼變成這樣了?美國怎麼變成這樣了?

我想起了最近讀過的一篇文章，普林斯頓大學教授保羅·克魯格曼（Paul Krugman）寫的。他認爲，三十年代羅斯福新政形成的美國中產社會，正在迅速流失。三十年代作家費茲傑羅（F. Scott Fitzgerald）名著《大亨小傳》（The Great Gatsby）所描寫的那個「鍍金時代」（The Gilded Age），那個豪門巨富黑心撈錢隨手揮霍的時代，又回來了。根據美國國會預算辦公室的調查，從一九七九年到一九九七年，稅後收入最高的百分之一家庭，收入增加了百分之一百五十七，而中層收入家庭的稅後收入，只增加百分之十。這項調查所根據的資料純粹是所得稅。另一項調查的結果更驚人：美國最富的一萬三千個家庭的收入總值，相當於兩千萬低收入家庭的總和。

這個中產階級流失、貧富懸殊兩極化的現象，社會經濟學家有幾個解釋。一個叫做「全球化」，把收入分配的急劇變化歸因於世界貿易，尤其是第三世界商品的大量進口，造成了美國藍領階級收入的劇降。另一個解釋提出了八十年代以來資訊工業的興起，年輕天才靠腦袋就能發財。這兩種分析或許有片面的道理，但顯然不夠全面。眞正影響財富分配的還是文化空氣的變化，社會規範價値的變化。一九八〇年代初，美國只有一個享譽全國的ＣＥＯ（Chief Executive officer，執行長），即台灣家喻戶曉的克萊斯勒汽車公司反敗爲勝總裁艾科卡（Lee Iacocca），到一九九九年，光《商業周刊》的封面人物，一年內就出現了十九次。這二十年，ＣＥＯ變成了超級明星。美國公司文化的巨大變化就產生在這二十年，他（她）們的收入已經是天文數字，道理很簡單，公司董事會的董事名單由他們提名任命，董事會轉過頭來決定他們的收入。因此，ＣＥＯ的收入不是市場無形的手決定的，是董事會議室裡無形的握手造成的。

這與哈佛大學教授蓋爾布瑞斯（John Kenneth Galbraith）的名著《新工業國》（The New Industrial State）所描寫的經理階層有天壤之別。蓋氏宣稱：「管理階層絕不無恥自肥——健全的管理應該是自我約制的。」

不過，這本書的出版在一九六七年。

民主黨今後何去何從是當今美國政壇的一個關鍵問題。也許，問題還不是一個黨派的生死存亡，更重要的是，自由主義作爲一種手段比較溫和的社會良心的代表，在中產階級逐漸流失的世界頭號霸權國家，如何恢復它的良知與熱情？

十一月的紐約，看不到這個。

恐怖冷槍

十月三日，我人在台北，注意到有線電視的慣例燒殺姦搶連環時事節目中，播報了一則狙擊手冷槍殺人事件。這則看來平淡無奇的新聞，發生在半個地球以外的美國首都華盛頓附近，第二天，我到大陸旅行去了，自然更置諸腦後。

不料，十一天後回到台北，計程車司機津津樂道的，居然不再是台灣的父與子，也不是削凱子、舔耳朵一類花邊消息，一個新形態的市民英雄誕生了，冷槍手連續出擊，警方束手無策，美國東部一大片地區，談虎色變，人人自危。

十月二十一日，回到紐約，失去了台北「看熱鬧」的群眾心理，才明白這一事件的嚴重性。

從十月二日（美國時間）到二十三日的二十二天裡，這位冷槍手一共開了十三槍，彈無虛發，死十人，傷三人。當然，也有人說他不能算眞正的神槍手，因爲職業槍手通常瞄準對象的頭部，此人的射擊，不合標準。不過，看來是單槍匹馬的他，在一個橫跨兩個州一個哥倫比亞特區一共七個郡的一百多英里的居民區內，有效建立了恐怖統治。學生不敢上學，主婦不敢上街，連大男人也被迫放棄戶外體育運動，進出建築物，人人心懷鬼胎，瞻前顧後。有些社區的學校已經停課好幾天，不少家長決定破案前不送孩子上學，甚至有人足不出戶，放下窗帘，躲在家裡吃罐頭食品避「難」，儼然大敵當前。我遂想，如果一名恐怖分子便能造成大片地區（相當於台灣面積的一半）癱瘓，凱達組織若有本事送上幾十個這樣的神槍手到美國各大都會近郊去打這種神出鬼沒的游擊戰，小布希每天跳腳罵戰的姿態，豈不成了笑話！

然而，根據各種跡象分析，這名冷血殺手，不太像個宗教或政治狂熱的恐怖組織成員。恐怖組織的行動，多以某種意識形態爲指導，往往迫不及待亮出自己的身分，一來爲自己的「事業」宣傳，給成員打氣，揚名立萬之外，還要考慮今後的經濟資助。此外，「替天行道」的恐怖主義分子，有點「盜亦有道」的原則，雖然也把無辜平民當做「戰爭附帶損毀物」，但他們選擇對象時，一定要傳達一點什麼訊息。

目前看來，這個冷槍手，更像一名心理變態的殺人魔。

首先，受害人不分年齡、不分性別、不分種族，純粹是「隨意取樣」，誰碰上誰倒楣，這就掃除了任何幸災樂禍的僥倖心理，所有人，在暗中冷冷發光的那枝槍管前，一律平等，同陷入生命失去保障的無名恐懼，完全證實了凶手留下的一句話：「警察先生，我是上帝！」

的確，冷靜、機警而準確的殺手，如今是無處不在無所不能的神，以萬物為芻狗，任意宰割。警方說他不殺小孩，他立刻殺一個，警方說他不在夜間做案，他立刻做給你看。他彷佛一面享受超人的快感，一面運籌帷幄，利用現代社會特有的公權力與媒體之間的互動關係，製造自己超越一切的萬能形象。

一個正常社會，碰到了一個非正常的超人，怎麼辦？

首先必須了解，美國這個社會，與我們熟習的東亞社會，有些地方不太一樣。

這是一個個人主義極端發達而集體意志備受約束的社會，形象一點說，美國是個汽車王國。

所謂汽車王國，除了物資財富的意義，我們還必須有一點社會化的理解。這個國家可以說完全建立在汽車上，從交通運輸的基本設施到餐廳座位的設計，建造美國現代社會的設計者，腦子裡都有一部小汽車。從社區規畫到抽稅的構想，恰容四人安坐的小汽車，成為想像中的正常運作基本單元。凡是擁有過自用小汽車的人都可以作證，那種關上車門便可以想到那裡就到那裡想做什麼便做什麼的「解放」感覺，是無可比擬的。美國式的個人主義，如果抽去小汽車，可能所剩無幾，尤其是二戰後高速公路網和單戶專用家屋高度發展以後的美國。以至於，到今天，已經弄不清楚，究竟是汽車按人口結構設計，還是人按汽車容量設計家庭。

這種爲物質條件規範的美式個人主義，固然給大多數人帶來了安全、舒適和自由，但也間接製造了人與人之間的隔閡與冷漠。這種寂寞無比的個人生存境遇，是人際關係密切複雜的東亞文明無法想像的。美國近年不斷有殺人魔這一類社會現象，跟這種特殊的社會設計，不無關係，尤其是極少數幼年遭受創傷的扭曲心靈，成年後瘋狂變態，其來有自。

對付這種內發的恐怖主義，高科技文明有什麼辦法？

目前看到兩種。

第一種辦法有點像傳統中國社會的保甲法，或稱戶籍制度。

但美國不能像《一九八四》一樣搞那種侵犯個人自由與隱私的老大哥制度，他們只好通過媒體來做。有一種電視節目叫做「神祕懸案」，往往利用警方檔案中多年破不了的案件，以紀實模擬手法，像紀錄片一樣，選用面貌體態類似的演員，按照案情的發展，製作成電視節目，希望茫茫人海中喚起某些觀眾注意，自動舉報。這個做法，一方面提供娛樂和社會實感，另一方面，近年來，確有不少懸案通過這種方式而破案。

這，當然不是針對問題實事求是的可靠方法，反而更凸顯現代美國社會的窘態。

第二種辦法，是標準的高科技文明。

美國的法醫學（Forensic science）近年來突飛猛進，尤其是辛普森殺妻案之後。

舉例說，本欄寫作時仍在進行中的冷槍連環血案，如何證明是同一名殺手所爲？位於馬里蘭州洛克威爾市的聯邦政府機構酒、菸和火器局（Bureau of Alcohol, Tobacco and Firearms，簡稱ＡＴＦ）有個沒窗戶的實驗室。新案發生後，警方極其小心儘快將彈頭送到這個實驗室，技術人員用黏劑將彈頭黏在最精密的萊卡對照顯微鏡下，同以前的彈頭並列比較，一般在數小時以內便可斷定，兩個彈頭是否來自同一凶器。十三槍皆同一凶器所爲，說明這是個典型的殺人魔案件，結論是這麼來的。

除此以外，高科技還有許多手段。

地理造像電腦可以用於查證冷槍手的住所，彈道數據庫可用於查驗彈頭上的損痕是否與其他罪案有關，痕量物質技術可以從彈殼或冷槍手使用過的信用卡上找尋指印或ＤＮＡ等。一些電腦程式現在可以把模糊不清的保安錄影帶轉換成清晰的數位影像。化學掃瞄器可以掃瞄任何搜集到的證物，一次一個分子這麼掃瞄。現在，凡是已經或可能發生命案的公共場所，監視錄影機都已全面開到一百八十度，希望捕捉到這名殺手的驚鴻一瞥。

最尖端的技術大概要算一種腦波感測儀，從嫌犯的腦波中可以斷定，他究竟知道什麼，不知道什麼。

然而，如果連嫌犯都抓不到，這些高科技又能解決什麼問題？美國聯邦政府已動員一千多人，加上七個郡的警調人員，總共不下六、七千人，全天候投入這場人對「神」的戰鬥。到目前爲止，由於法律上的考慮，這場戰鬥仍由最早發生命案的蒙哥馬利郡警長查理．摩斯負責，因爲聯邦法律無法提出死刑控訴。摩斯本人是黑人，有犯罪學博士學位。媒體已經發問，「發動群眾」圍捕一名形蹤飄忽的槍手，做法是否明智？地方主控而聯邦協辦，各組織之間的利益矛盾能否協調？

當然，更根本的問題是：這類案件，是否暴露了美國社會的體質結構缺陷，如何補救？

急景凋年

二〇〇二年眼看著到了盡頭，就是白居易詩所謂「急景凋年急於水，念此攬衣中夜起」的時刻了。

這個急景凋年時刻，不少人日子不好過，不好過的程度，豈止攬衣夜起。舉例說，一位在美國銀行中排名前三的大通銀行(J. P. Morgan Chase)任職的朋友最近打電話給我：「給他們賣命二十幾年，竟趕著在年終紅利分發前趕我走路，眞夠無情的……」

這麼大的企業，爲了省幾個紅利錢，出此下策，也夠難看的了。然而，同時面臨這種命運的，又何止我朋友一個。據說，在安然能源公司案和世界通訊公司案中賠了大錢的大通銀行，如今非得緊急瘦身，縮減開支，否則自身難保。死裡求活的大手筆之一包括與ＩＢＭ訂約，今後該銀行的全球電腦作業全部交由ＩＢＭ處理，銀行原僱的ＩＴ(Information Technology)從業人員，除極少數省不了的，一律請走路。據估計，光紐約總部地區，年關前拿粉紅帖子（pink slip，解僱通知）倉皇辭廟的，約四千人。

或許有人會問，這麼大的公司，這麼複雜的業務系統，讓ＩＴ職工全部「下崗」，怎麼可能不出亂子？答案是，自有辦法。這個辦法叫做out-sourcing（外包）。目前，聽說不僅是私營企業，連政府機關都競相採取這種手段。所謂外包，就是鐵腕砍掉常設職工員額，改以廉價的外包工承擔任務。大通銀行就是這種做法，許多電腦軟體工作都外包到第三世界國家，尤其是像印度這種工資相對便宜，又通英語又是技術人才生產過剩的國家。

更惡劣的手段是，腦筋居然動到監獄裡面去。囚犯中有不少白領階級，美國的監獄一向鼓勵囚犯學習一技之長，承辦這種工作，既增加收入，又保障囚犯不鬧事，何樂不爲？何況，對選擇外包的公司企業而言，還有比囚犯更聽話的僱員嗎？反正他們跑不了，怎麼壓榨都行。研究出這種政策的專家實在精通人性，知道囚犯作爲「人」，最難對付最痛苦的莫過於時間。工作，不論什麼工作，在失去自由的環境中，等於神賜恩典，哪有不拚命表現鞠躬盡粹負責到底的？

大通銀行只是我所知道的白領階級苦難的一例，美國各地大公司的裁員風已經吹了三年，如今已吹到布希政權不得不棄卒保帥的地步，執政團隊中把關經濟的兩名大員，白宮經濟事務顧問林西和財政部長奧尼爾都因此炒了魷魚。當然，下台的眞正理由不全是白領中產階級的怨憤，經濟拚不出來才是致命傷。

臘月冬寒中，紐約人最近又虛驚一場。紐約市公共交通的三大支柱——地鐵、巴士和計程車，各大工會醞釀罷工。市長估計，罷工一天紐約市的經濟損失超過三億美元。同時，如果逐條答應工會的所有條件，公共交通公司又得面臨破產命運，這個兩難局面把勞資雙方逼進了死胡同，各自祭出自己的法寶，拚個你死我活。資方運用法律手段，申請司法當局依法頒布禁制令，宣布罷工非法，並以巨額罰款與坐牢相威脅，勞方則積極動員，揚言即使再大犧牲也要求個公道。紐約周遭幾百萬通勤人口（包括我在內）忽然面臨生活秩序徹底破壞的危機。市長規定，紐約市內外的小汽車，載人少於四人者一律不准進出，如果不開車，市內的交通便只能用兩條腿或腳踏車解決。形勢緊張的那幾天，我服務的聯合國規定每個部門自行訂定緊急應變計畫，凡無急務在身者，一律以請假方式度過難關，有急務者則互相聯絡組織通勤共車小組，一時之間，聯合國辦公大樓內彷彿面臨戰爭，紐約市其他萬千大小機構公司行號的情況想來大約也如此。雖然全紐約如臨大敵，但沒有太多人敢公開抱怨，因爲茲事體大，牽涉到公共交通系統中以萬計藍領職工的現實生活與福利，誰也不忍過度責備。冬鬥高潮的上個禮拜，勞資雙方在千萬人焦心期待的壓力下，租用中城區凱悅大飯店會議廳二十四小時無休止談判，終於達成了臨時協議，暫時解除罷工危機。然而，工會要求三年每年加薪百分之六的條件，被削減成第一年不加薪，第二、三年各加百分之三。這個條件，工會會員仍需投票表態，是否接受還是個問號。

不過，同白領階級的裁員與藍領階級的相對減薪比較，還有日子更不好過的人。

紐約市無家可歸的遊民大約三萬七千餘人，今年冬天因受氣象學上所謂聖嬰現象的影響，聖誕節未到已經下了兩場大雪，平均氣溫遠低於往年。我每天上班的路上，靠近四十二街與一馬路交界點附近的人行道旁，有兩個通地底的冒氣孔，到了冬天，附近大樓中多餘的廢氣經此排出一道道白霧，這些白霧自然帶著某種垃圾臭味，然而，因爲是暖氣房中排出來的，便有遊民用紙箱拆開的紙板圍在通氣孔四圍做成過夜的臨時篷帳。這幾天，夜間溫度已經低於華氏二十度，紙篷帳根本無法禦寒，遊民不知轉移陣地到什麼地方去了。

紐約這個地方，遊民的增減往往是經濟繁華蕭條的寒暑表。九十年代股市大發那幾年，前市長朱利安尼任內，幾乎看不到他們的蹤跡。如今，尤其在「九一一」雪上加霜之後，他們又大批回來了。前兩個禮拜，新市長布隆伯格（猶太人，財經新聞企業發跡的億萬富豪）突然飛去加勒比海濱度假勝地巴哈馬，據說是去看兩條退役的度假遊輪，考慮買下來，開回紐約海港偏僻處，當做遊民收容站。

這個遊民福音後來就沒有了下文，究竟是遊輪價格太高因此沒有談成，還是另有妙策，不得而知了。我唯一知道的是，多年來在紐約街頭經常路過的一些地方，一些遊民往往成爲熟面孔。這些熟面孔的出沒似乎有個規律，總是不出兩、三年，通常是嚴冬之後，便換了一批。熟面孔究竟到哪裡去了，沒有人知道，也不忍想像。

急景凋年時刻，還有一位日子不好過的人，是個大大有名位高權重的人。

美國政壇第二把交椅的政治人物，參院多數黨領袖羅特（Trent Lott），十二月五日在前資深參議員塞蒙德（Strom Thurmond）一百歲華誕的盛會上，一時不慎把自己的種族主義本色露了出來，造成了政壇風暴。原來塞蒙德是一九四八年的總統候選人，他的競選政綱只有一條：種族隔離。羅特祝壽祝昏了頭，居然說：「如果當年全國都像我們一樣支持他，這些年來所有的問題都不會發生……」

這個政治風暴還在發展，參院共和黨人決定明年一月六日開祕密會議，投票決定羅特的去留。羅特已爲自己的失言公開懺悔道歉五次，但內幕消息說，白宮認爲他打亂了布希總統爭取少數民族支持的布局，決定壯士斷腕，支持羅特的人當然也在暗中較勁。不過，新聞界已開始把不可一世的羅特叫做「Walking Pinata」了。

「Walking Pinata」這個用語不可能中譯，但很好玩，不妨下個注腳。Pinata，西班牙語原義即鳳梨，此處不指鳳梨，原來墨西哥有個習俗，小孩過生日用鳳梨做成玩具，中間掏空，塞入糖果，慶生的孩子們各持棍棒敲打鳳梨，打爛了鳳梨好搶糖果也。

行屍走肉狀的羅特先生，巧妙隱藏了種族主義本色達五十年之久，這急景凋年，大抵是四面楚歌了。

別忘了，這一切都是在全國積極動員準備掃蕩伊拉克胡森政權的戰爭陰影下上演的。

（本文完稿後第三天，羅特在各方壓力下宣布辭職，可能由少壯派田納西州參議員傅利斯繼任參院多數黨領袖大位。這個發展對台灣較不利，因羅特一向主張不加強對台軍售也。傅利斯〔Bill Frist〕哈佛大學醫學博士，心臟外科名醫出身，政治立場較羅特溫和，是白宮屬意的人選。）

戰和兩難

二十一世紀的第一場正規戰爭就要開打了，也許會有人說，阿富汗那裡不是打過一場嗎？嚴格講，那一場實在算不得正規戰，倒有點像中國二、三十年代的軍閥清鄉、剿匪行動，只不過武器使用的規模與軍費開支大一點罷了。伊拉克不同於凱達組織，兩者不在一個層級，除了幾十萬正規部隊、飛機、槍砲和坦克，胡森還擁有短程飛彈、生化武器和發射載具。核子武器目前沒有，但專家說，他大概只需要兩年時間。此外，胡森究竟能夠發動或影響多大力量直接在美國本土進行恐怖還擊，沒有人知道，也沒有人敢低估。

這一次，戰場可能不限於孤守無援的伊拉克，美國的任何一個角落，都有可能進入戰爭狀態，而且，不少人擔心，這種戰爭狀態，並不一定在伊拉克本土終戰後立即停止。

杭廷頓預測的文明之間的戰爭，似乎眞的要實現了。福山的歷史終結論，也許還需要補充、修正。

昨天（二月十九日），我的觀戰生活開始變得嚴肅起來。不能不嚴肅了。三天前，全世界有上千萬人舉行反戰大示威，看來絲毫無法撼動美國當局的鷹派觀點。白宮國家安全顧問女黑人天才賴斯在NBC接受「面對媒體」節目主持人提姆．羅索訪問時表示，當前的問題不是武檢需要多長時間？增加多少人？當前只有一個問題：胡森已經實質違反了安理會第一四四一號決議的規定，他沒有「全面遵守」解除武裝的要求，而「全面遵守」是該決議的用語（見該決議執行部分第九條），因此，當前的問題是：安全理事會有沒有決心貫徹它自己的決議，而且，實際上不止一個決議，一九九一年至今，已經有十七項決議了。歸根結柢，聯合國是否如布希所指出，成爲它的前身國際聯盟，墮落爲一個國際外交官的辯論俱樂部。賴斯強調，決議如不執行，等於沒有牙齒。安理會的信用才是問題的焦點。

布希執政團隊中，鷹中之鷹應屬國防部長倫斯斐，他在記者招待會上宣布，戰爭不是不可避免，但要有三個前提：第一，胡森自動流亡國外，由代表伊拉克民意（美國心中的伊拉克民意）的民主政權接管；第二，伊拉克內部產生政變，推翻現政權，重組民主政府；第三，胡森決定與聯合國合作，全面遵守安理會第一四四一號決議，自動銷毀全部WMD（大規模毀滅武器），解除武裝。

這三條路，實質上等於不戰而屈人之兵，當然是最高明的戰略手段，即以非暴力方式的武力威脅，達成戰爭目標。然而，衡諸事實，可能嗎？

關鍵是胡森這個人及其政權的性質。根據過去的行爲表現，胡森也許是所有獨裁強人中最樂觀最敢冒險的一個。僅以發展核武而言，胡森便表現了不計代價，不屈不撓非幹到底不可的性格。一九八〇年代末期，美國情報當局的核武專家估計，伊拉克發展核武器，至少還要五到十年。國際原子能機構甚至根本不相信伊拉克有任何發展核武的計畫。一九九一年波灣戰爭結束後，聯合國武檢人員發現，伊拉克的核武方案，比任何人想像的都要複雜、周延，而且只需不到兩年時間，便可完成核彈的製造與發射。四年後，國際社會相信已經徹底鏟除伊拉克的核武計畫。接著，伊拉克有幾個核心官員叛逃，其中包括負責ＷＭＤ的胡森女婿卡邁爾・馬吉德（Hussein Kamel al-Majid，後被胡森引誘回國後狙殺）、胡森的高級情報幹部瓦非格・薩馬萊（Wafig al-Samarrai）和參與核武計畫的重要科學家奇德爾・哈姆薩（Khidhir Hamza），據他們透露，胡森的核武計畫不但沒掃清，而且規模擴大，做法更分散，還發展出任何人想像不到的隱藏手法。

今天，國際上的反戰派最關鍵的主張是：和平不到最後關頭，不能輕易放棄和平。聯合國的武檢工作既有進展，便應繼續。如果事實證明胡森在國際壓力下可以圍堵住，爲什麼要冒平民百姓必將犧牲的戰爭危險？

主戰派的論點也很清楚。歷史事實證明胡森根本從來沒有誠意，如果放任他爭取到時間，周邊鄰國的安全如何保障？WMD如果落入恐怖組織手中，未來如何防止這種防不可防且後果不堪設想的威脅？

我們的生活，目前便陷於這兩套針鋒相對的兩難邏輯中。

戰爭的陰影，已全面籠罩美國，在政治、經濟、社會和文化層面上，全世界所有與美國割斷不了關係的國家與地區，也都不同程度地陷入這一陰影。

亞洲與歐洲的資金，在戰和不定的混沌局勢中，裹足不前，美國股市開年後一度上漲，隨即陷入長期低迷，道瓊指數跌了將近一千點，仍在滑落。美國去年的外貿赤字，爬上歷史新高，超過四千六百億美元。國際油價上漲到三十六點七九元一桶，通貨膨脹開始冒頭，消費者信心不斷墜落，失業率居高不下，布希的巨額減稅政策，甚至連聯儲會主席葛林斯潘都公開表示懷疑。影響股市和經濟復甦最關鍵的因素——公司獲利率，仍無振興跡象，面對這麼複雜的前景，哪一家公司有膽量下大錢作資本投資？

眼前最讓人發毛的還不是政經大事方面的曖昧懸疑。整個美國社會的空氣，有一種大禍臨頭卻仍舉棋不定的驚恐，這種氣氛與一九九一年波灣戰爭前完全不同。當時主政的老布希團隊，對外廣結聯盟，對內形成敵愾同仇。戰爭開始後，用兵神速，以壓倒優勢的高科技武器設備，在極短時間最小犧牲的情況下，在反戰運動尚未成形前，便控制局面，取得勝利。

論者或以為老布希為德不卒，胡森的精銳子弟兵共和國衛隊本可摧枯拉朽徹底打垮，巴格達解放指日可待，為何猶豫縮手，留下後患。然而，聯合國當年授權出兵的決議案，目的僅在於將伊拉克趕出它非法占領的科威特，老布希不能越權，不能不顧及美國以後如有必要重新結盟的信用與潛力。

小布希當前的困境，首先在於胡森這次沒有犯下侵略他國的明顯錯誤，其次，團隊中廣受國際尊重的鮑爾國務卿，人們心目中唯一的鴿派，兩週前在安理會的演講，雖然採取多媒體的炫耀方式，效果聳人，但人們期待的所謂「冒煙的槍」，並未出現，跟一九六一年古巴危機時美大使阿德賴．史提文生提出的鐵證，不能相比。小布希目前陷於內外交困，幾乎坐實「好戰」的指控，跟白宮團隊的傲慢輕敵與小布希本人的志大才疏，不能說沒有關係。

與此同時，戰爭機器卻像一部失控的車輛，雪球般向山下的深淵滾去。美軍已在伊拉克周邊地區集結二十萬兵力（預估要二十五萬），並以接近三百億美元的代價，設法取得土耳其的合作，準備以南北箝形攻勢打進伊拉克。鮑爾也在亡羊補牢，下星期或將在安理會提出另一項決議案，希望以多數決而法國不否決的方式爭取聯合國授權出兵。

小布希如今只有一個選擇，他必須以速戰速決的方式來處理人類歷史中上千年無法解決的老大難問題。請問，他是不是也跟胡森一樣，樂觀而冒險？

勞倫斯復活？

史詩巨構的電影中，《阿拉伯的勞倫斯》至今依然是數一數二的經典之作。這部電影，今天重看，尤其有意思，因爲，國際衝突的中心，全球反戰運動的焦點，英美主戰派部署重兵嚴密包圍的地區，就是T. E. Lawrence（阿拉伯的勞倫斯本名）當年馳騁的疆場。而今天戰和兩派糾纏不清的一些問題，追根溯源，也就是勞倫斯一度捨命努力、試圖一勞永逸解決而終因現實政治未能實現的難局。

記得導演大衛連在這部電影開始的片段，安排了一句精采對白。飾演費沙爾酋長的亞歷堅尼斯對飾演勞倫斯的彼德奧圖說：「啊！你就是那種對沙漠瘋狂著迷的英國人……」（彼德奧圖今年將接受奧斯卡終生成就獎）。

這句話，道盡了兩個民族、兩種文化之間的愛恨情仇。英國人，尤其是十九世紀到二十世紀初葉的英國人，在日不落帝國的世界各地活動，除了忙於戰爭、統治、經商、傳教，其中總有那麼幾個人，著了魔似地搞調查研究，有時甚至不惜犧牲性命，目的無非是收集標本、記錄生態、繪製動植物分布的狀況，出版幾本圖鑑。

勞倫斯是軍人，他的興趣雖不在這裡，但他對中東沙漠人文地理的一往情深，跟這些冷靜固執的科學工作者，其實不相上下。

一次世界大戰以前，中東地區是個地理名詞，所謂的阿拉伯（Arabia），一部分被土耳其帝國占領，大部分只是阿拉伯民族大大小小各種部落之間相互爭奪的地盤——一個權力近乎眞空的地帶，一個文化現象。一次大戰前，帝國主義還在擴張，蘇伊士運河建成後，中東的戰略地位日形重要，這片「處女地」便不能不經營。勞倫斯就是在這種國際形勢下應運而生的「英雄人物」。他的一生傳奇，事實上只是這個歷史大背景下的小掌故。當然，一九三八年沙烏地阿拉伯發現石油後，國際爭奪更是日甚一日。

電影描寫他如何與費沙爾親王結盟，跨越不可征服的聶夫沙漠（Nefud），聯合其他部族，出奇兵攻占阿卡巴港。殖民埃及的英軍總指揮部，看到了勞倫斯的神奇潛力，投下大資本，最後打下了巴格達，把土耳其人趕出了阿拉伯世界。

電影到這裡結束，歷史才剛要開始。大衛連在電影結尾部分留下了一個伏筆。勞倫斯在他的冒險生涯中，曾經以先知的姿態承諾過，他的理想，不是爲了大英帝國，阿拉伯屬於阿拉伯人，這是他爭取同盟並取得阿拉伯人信任的重要原因。事實上，T. E. Lawrence確實說過這樣的話：「你們（指英國人）做得再完美，也不如讓他們（指阿拉伯人）做得不完美，因爲這是他們的國家，他們的道路，你們的時間是短暫的……」

第一次世界大戰結束後，各方在巴黎凡爾賽宮舉行和會，在戰勝的列強控制下，按照西方的民族國家觀念，紙上作業，把阿拉伯世界人爲劃分成許多小國家。

今天面臨大戰邊緣的伊拉克，就是土耳其帝國治下三個省的合併，但是，伊拉克雖有獨立之名，卻無獨立之實，它只是大英帝國管轄下的一個領地，由國際聯盟授權，稱爲「不列顛委任統治區」（British Mandate）。勞倫斯的朋友費沙爾後來成爲國王，稱費沙爾一世，但這個安排，背叛了勞倫斯的諾言。

以後的歷史，便帶著現實政治中不可免的利益傾軋種子，跳不出暴力與陰謀的循環反覆。

一九三二年，伊拉克變成君主立憲國。費沙爾王室失權，但換取了實際的石油特許權益。四年後，伊拉克發生了阿拉伯世界第一個政變，直到今天，動盪紛擾，從未斷絕。一九五八年，立憲君主制被推翻，軍事強人掌權，開始了一連串的改朝換代，直到一九六八年，目前仍然主政的阿拉伯復興社會黨（Arab Baath Socialist Party），終於以鐵腕手段，一一擊敗共產黨和其他民族主義黨派，全面掌控伊拉克。

胡森一手操控的阿拉伯復興社會黨，一稱復興黨或巴斯黨（譯音），起源於第二次世界大戰期間一個親納粹的政治運動。胡森本人曾爲其負責內部安全特務頭頭，一九七九年政變奪權。此人曾經是史達林主義信徒，爲伊斯蘭基本教義派所不容，連賓拉登都曾斥之爲Infidel（離經叛道異教徒），然而，他心懷「大志」，誅除異己，在阿拉伯世界贏得了大名。不過，這個大名，是建立在二十多年來對內無情鎮壓與對外窮兵黷武的基礎上的。

無論是看電影或讀近代史，恐怕很少人會聯想到，這一片兵禍連年、苦難深重的土地，竟就是我們初中時代讀過的底格里斯與幼發拉底兩河流域，一萬兩千年前，地球最後一次冰河期過後，人類第一個農業文明的發源地。

本文刊出時，如果主戰派占上風，人類祖先生活過的地方，也許已經是烽火連天、焦土遍地。如果主和派勝利，伊拉克的人民，雖無立即而明顯的危險，也不見得就從此回到伊甸園。即使胡森在國際強大壓力下出國流亡以免戰禍，伊拉克也不會有安寧的日子。這一切似乎都應該再追溯到勞倫斯失落的夢想——一個完全由阿拉伯人自己統治管理的世界。

伊拉克是個多民族國家。占多數的什葉派穆斯林居住在南部，中部是胡森所屬的少數蘇尼派穆斯林，北部與土耳其接壤處，是第三大族庫德人的地盤，此外還有散居各地的亞述人、猶太人和其他少數民族和宗教。各族之間由於歷史淵源和現實利益，從來不能和平共存，胡森政權即使垮台，勞倫斯的夢想能否順利實現，誰也不敢預料。何況，除伊朗虎視眈眈外，土耳其南部的庫德族與伊北庫德族，早就醞釀獨立。

此外，這兩個星期，局勢又有了新的發展。由於全世界的和平運動，美國當局面臨了北約集團的內部分裂以及俄、中兩國的抵制，布希大概覺得全力壓迫安理會貫徹執行第一四四一號決議的主張已經顯得牽強無力，遂選擇在美國企業研究所（American Enterprise Institute，華盛頓一個保守主義智庫）的餐會上發表重要演說，把攻伊之戰的遠景（vision），從伊拉克全面徹底解除大規模毀滅武器這個安理會決議制定的目標，一下子無限上綱，提高到整個中東問題的持久解決。於是，解除武裝不足，還要撤換政權；伊拉克之戰不足，還要求巴勒斯坦承認以色列，以色列則應放棄西岸的移民屯居政策，並承認巴勒斯坦的建國權利。甚至於，整個中東的民主化，也端了出來。

如果光聽這篇演講，彷彿以爲九十年前的勞倫斯復活轉世，搖身一變，成爲今天坐鎮白宮的喬治．W．布希。

世界眞這麼可愛嗎？

即便是十九世紀的英國植物採集家，後面恐怕也還有處心積慮的英國皇家地理協會的繩子牽著的吧。緊接著史丹利和利文斯東等東非探險家的腳步，不就是大英帝國的槍砲和武裝部隊。

多倫多的天空

電話中，多倫多的朋友說：「來吧，來吧，這裡的天氣每天二十度上下，天天天藍！」朋友顯然聽過潘越雲的歌，或者潘越雲的這首歌名，已經成爲流行的口語了。

紐約連續高溫快兩個禮拜了，不要說上場打球，濕熱的空氣中，出門買個小菜，來回二十分鐘，就是一身臭汗，不趕快沖個涼，便坐立難安。

再不走，還等什麼？

從雅虎網站上下載一張地圖，全程五百一十英里，大部分利用洲際高速公路，如果選非週末出發，避開度假的人群和上下班尖峰時段，八小時左右應該可以開到。朋友說：

「怎麼樣？每天上午十點左右，給你安排一場球，名家設計的一流球場，連車帶果嶺費，不過加幣六十元（美金四十元），早餐有永和豆漿或廣東粥點伺候，晚飯則港式海鮮、江浙名菜、潮州餐館任選……」

多倫多的假期，看來跟以前的印象，完全不同。

差不多二十年前，也有過一次多倫多之遊，那次的經驗，幾乎倒足了胃口。

那一次，主要是送兒子去打乒乓球。

美加兩國的乒乓球協會，每隔兩年舉辦一次國與國之間的比賽，其中包括分齡組的少年賽。那兩年，我兒子在全美十二到十四歲那一組中，名列前茅，美國乒協主席連夜電話動員。

「爲了國家的榮譽，不能不要求你們家長們犧牲一點……」他說。

原來，美國乒協是個完全志願性質的窮組織，除了給參賽的球員安排三天旅館，其他一切開銷都得自掏腰包。

比賽的場地，也是標準的窮組織想出來的窮辦法。

加拿大的農牧業，每年八月有一個大集會，目的是交流經驗，推廣產品，經常藉多倫多市會議中心舉行。別以爲這是個政要專家衣香鬢影的雅集。大會爲了讓來自各地的農戶公開展示他們的傲人產品，在會議廳外大草地上搭置了迷魂陣式的層層帳篷，其中除五穀雜糧、五牲六畜的展覽場地外，爲了吸引人參觀，擴大宣傳效果，又徵集了嘉年華會式的各類遊樂、賭博、戲法和零售的小攤販。整個場面就像個鄉下難得一見的馬戲雜耍大會。

為了陪送兒子為國爭光，我們每天都得捏著鼻子在臭氣薰天的牛棚、豬圈、雞塒、鴨窩裡穿梭來回。

然而，眞正倒胃口的還不是這個。

我兒子參加的是少年團體組的比賽，這個比賽包括四場單打和一場雙打，五場三勝。按照當天雙方教練的排陣，如果比賽進行成二比二平手的局面，便要在第五場的單打中決一勝負。論實力，兒子是美國隊中的強手，加拿大一方排出的最後一場單打選手實力較弱，因為他們的戰術估計是第四場以強勝弱而以大比分三比一取勝，不料美方的弱手臨場拚搏發揮優勢逼成了二比二平局。

平心而論，兒子那天輸球沒輸在實力技術，也沒輸在戰鬥意志，主要輸在裁判的偏袒。

他的打法是我傳授的傳統中國式直板快攻（兩年後送他到北京受訓才改為橫板兩面攻），發球搶攻是主要的得分手段，即發球必須刁鑽古怪，造成對方直接失誤，或回球過高而以第三板攻敵弱點迅速解決戰鬥。對手是橫板兩面拉弧圈的打法，因此，如果戰局持久，快攻手被逼退到中台以外，必然吃虧。這個戰術上的理解，我們是有心理準備的，所以，上場前我叫兒子盡可能大量熱身，希望在最短時間內儘快進入興奮狀態，把前三板的威力發揮到極致。

打是這麼打的，然而，很快，這個節奏便給裁判攪亂了。

裁判不是美國人，也不是加拿大人，但是個白人。那幾年，白人的乒乓世界被中國人的近台快攻打得落花流水，他們就在遊戲規則上耍花槍，動腦筋，找出路。那天的裁判便是這一路的，他從比賽一開始便說我兒子的發球不合規定，上拋不夠垂直，高度不到六吋，而且用身體擋住了對方的視線，因此，兩次警告後，直接扣分。這樣一來，兒子的情緒受到很大影響，而且，臨場改變動作，戰鬥力大爲削弱，不幸以二比一敗下陣來。

整個美國隊抱頭痛哭，我兒子沒有哭，但從多倫多一路八小時開車回家，他一句話也不說。我們從他的反應中，直接體會了種族歧視的滋味。

這一次的多倫多之遊，很可惜，兒子因爲要照顧自己的公司，無法分身，我卻覺得頗爲安慰，覺得回去後可以帶給他一些新信息——跟二十年前不同的是，這裡的華人已經站起來了。

二十年前的多倫多華人，絕大多數是所謂的老一代移民，教育程度低，語言能力不足，更談不上資本雄厚，因此主要集中在兩、三條街上形成了白人眼中破舊、骯髒而略帶異國情調的華埠。謀生方法不過是餐館、雜貨與禮品店。這是個標準的邊緣社區。

今天的多倫多華人社區，恰好像我朋友形容天氣的那句話：天天天藍。老華埠還是那個樣子，但早已不是華人生活的主流。

一九六七年港英暴動造成了新移民的第一次浪潮。隨著這一次移民浪潮，人才、資金和現代香港的商業觀念全套搬來在華埠以外經營新型的事業，有專業訓練的華人終於有機會打入白人控制的世界，並開始在地產方面衝破過去自己劃地為牢的局面。

近二十年來，每年來自港台星馬的大批華人留學生學成就業之後，逐漸形成了一個新的階層，成為多倫多中產階級的一部分。華人醫生、律師、會計師、工程師各種專業人才，不但擠進了白人世界，而且使華人的身分、地位和形象，產生了飛躍變化。

陳查禮和福滿洲的時代，一去不復返了。

多倫多的華人天空，多麼明亮。

港台習慣的全套生活方式，如今已經整個介紹過來。

衣食住行的每一個方面，再也不必像以前一樣，只能到古老破舊的華埠去暫時滿足一下。華人開辦的新型購物廣場，圍繞著新興開發的多倫多郊區，一座座建立起來。在多倫多的五天假期裡，朋友每天帶我們逛一個廣場，不要說永和燒餅油條豆漿，連鼎泰豐的小籠包都與台北總店一模一樣。

住在華人開辦的condo裡，朋友的小孩上的學校有百分之八十的孩子都是華人子弟，全家的日常生活又與華人購物廣場掛上了鉤，連他太太洗頭髮美容都不必說一句英文，這樣的生活場景，你幾乎以為歷史產生了倒流，七十年前的上海英租界，難道換了個主人換了個地方，在這裡借屍還魂了嗎？

這一切又是拜海外華人的恐共病所賜。一九九七年香港回歸，一九九九年澳門回歸，造成了華人向加拿大大批移民的新浪潮。

這批新移民帶來了更多資金，更多人才，更現代的商業經營管理方法。雖然聽說有一小部分人實在受不了異國生活方式，受不了沒有噪音與污染的環境（水清無魚？）又改變了主意，看到回歸後的港澳其實也不那麼可怕，確實也像表叔們的承諾，舞照跳馬照跑牌照打，捲鋪蓋回去了。然而，移民潮的總趨勢仍不受影響。何況，近幾年，大陸的移民、留學生和人蛇開始大批湧入，眼看著一個新的大浪潮又要來到。

多倫多的華人社區，彷佛是個眞正的文化大融爐，在這裡合而爲一的，是百年以上來自大陸、台灣、香港、星馬和越南的不同華人各自形成的獨特生活方式。

我因此得到這麼一個觀念：多倫多的這種華人生活方式，也許將成爲未來華人世界裡的一個重要生活模型——以傳統家庭倫理作爲基礎結構，加上現實主義的經濟營生手段，再以西方的政治社會制度作爲上層結構的框架。這種社會，也許就是孫中山的大同世界與毛澤東的共產主義烏托邦的現世結合吧。

至於形而上的要求，孔夫子不是說過：未知生，焉知死。華人大概是自古以來唯一一個不需要嚴肅的宗教也可以快快活活過日子的民族。

第三輯

看 球

鹿溪登峰紀略

這題目看起來像篇老掉牙的文人墨客旅行札記，其實不是。再一看又彷彿出自《阿Q正傳》，然而，我確實毫無意思嘲弄消遣自己。坦白說，這裡想記下的是這次多倫多之遊的一個意外收獲——在鹿溪高爾夫球俱樂部的南場揮桿，居然破了八十。這是近兩年來唯一一次絕佳狀態的演出，如果不抓住機會自我表揚，還有誰在乎？

不過，要準確了解自己的心情，還得從頭說起，故雖云「紀略」，卻也有尋根究柢的企圖。

三年前的春天吧，剛領到一筆錢，脫離了敷衍近三十年的朝九晚五生涯。如果不健忘，該記得那正是美國股市如日中天的時期，合作經營小企業的兩個兒子先後表示：老爸，別紋腦汁寫文章了（他們對我的寫作前途，肯定比我自己還要悲觀），既然自由了，好好享受吧，每天打一場高爾夫球，閒時種種花，多好，又健康，我現在的股票投資組合，是個小金礦呢！大意如此。

家庭會議的結果，兩代合資在新澤西州一座高爾夫球場的新建社區裡，買了一幢四房三層兩廳的洋樓。離他們工作的公司所在地，車程不過十五分鐘，兩小遂遷入常住。每到週末假日，兩老置辦中國食品，開車一個半小時，前往會師。

所以，頭兩年的退休生活，拜達康泡沫經濟之賜，過得像個暴發戶。

那座洋樓，也是標準的暴發戶派頭，屋高而院窄，樹小而牆新。爲了掩飾自己的罪惡感，我自動下放爲水泥匠，趁打球餘暇，挖地整土，和泥搬磚，以克難方式，在後院修建了一片花石陽台，並在陽台周邊種草蒔花，聊以遮擋樹小牆新的尷尬。

全家集體參加了這個名叫「疙瘩山」（Knob Hill）的俱樂部，所費不貲，但回想起來，究竟值得。因爲這座球場的設計人馬克．麥康伯（Mark MaCumber），ＰＧＡ專業球員出身，設計球場以刁鑽古怪高難度著稱，招牌洞（signature hole）的第七洞是個典型，這個五桿洞雖然不長，但三桿上嶺要求每一桿準確無誤。第一桿發球和第二桿過渡，感覺上的落點地區都很狹窄，好像這兩桿都得像三桿洞開球一樣，限制在一小片果嶺上。當然，長打手也躍躍欲試，想兩桿攻上，然而，果嶺是個綠島，四面環水。經常在這種球場鍛鍊，無形中養成步步爲營的習慣，每一桿球都戰戰兢兢，凡事趨吉避凶爲主。這種球場，人稱「倖存者球場」（Survivor's Course），打一輪十八洞，如能取得好成績，每有死裡逃生之感。

我平生第一次破八十桿的紀錄，就是在疙瘩山打出來的。那天，不僅有死裡逃生的感覺，甚至眞以爲人生要到七十才開始，雖然明知自己在走下坡路，卻意氣風發，深信不疑，前路必然鳥語花香。

那天晚上，一個兒子獻出了珍藏的一九九五年Margaux（法國名牌紅酒），一個兒子掏出了信用卡，請我吃了一頓上等牛排大餐。

一個月以後，我的公證差點卡寄到了。五年前開始學球時自訂的目標終於實現，我成了單差點（single-digit-handicapped-player）。

不幸的是，日進斗金的歲月沒能持續多久，兩年不到，達康泡沫粉碎，我們用計算機算過來算過去，終於算出了唯一一條出路——退出高球俱樂部，賣房子，我又回到了公共球場。

打公共球場其實沒什麼不好，這本來就適合我的身分我的個性。經常跟警察、小學老師、救火員、機械工人之類的藍領階級配組打球，反而自在。然而公共球場打球也有些傷腦筋的事。舉例說，煞費周章擊出了心目中的好球，明明看到它就落在球道中間，揹了袋子走到落球點附近，卻有可能找不到球。丟球問題不大，沃瑪市場供應的球，每粒不過幾毛錢。問題是按照高球遊戲規則，五分鐘之內找不到球便要自動處罰，更加引起心理不平衡。這種心理狀態又往往影響以後的球路，惡性循環之下，一場球就因爲莫須有的原因而一敗塗地。

高球運動是兩耳朵之間的運動，心理一失常，什麼毛病都可能出來。

回到人間之後的這兩年，我再也破不了八十，上述原因固然也是藉口，公共球場經費少，管理不善，球道千瘡百孔，果嶺斑駁起伏，自然也影響成績，總之，這兩年，跟經濟地位一樣，我的差點又回到了兩位數字。

由於上述種種歷史因緣，鹿溪這場球破了八十桿因此意義非凡。

鹿溪高球和鄉村俱樂部（Deer Creek Golf and Country Club）位於多倫多東郊約四十公里處，是所謂的私營公共球場，條件較佳，一共分爲五個九洞區，分別叫做瑪瑙、鑽石、紅寶石、翡翠、藍寶石。那天先打藍寶石，再打翡翠。

藍寶石其實不難打，除了第六、七兩洞球道中腰穿過一條小溪以外，人工設置的障礙不算太離譜，沙坑與粗草區都相當合理。第四洞是三桿洞，果嶺前有個小湖，第九洞狗腿左拐，左側也有湖，但因距離不長，威脅不大。照理，這樣的布局，打四十桿以下，應該不成問題，我卻打出兩個柏忌兩個雙柏忌，以四十二桿（高出標準六桿）完成。這個成績只能說差強人意。

上翡翠之前，有個十分鐘的空檔，我在兩耳之間進行檢討。前九洞，凡出毛病的都出在攻嶺的鐵桿球，而且絕大多數偏左，不是直線之後左曲，而是直往左飛。造成這種現象的原因可能有兩個：拉桿時右肘不經意抬高，下桿時球桿運動的方向遂順著身體走而未對準目標向前揮桿，前者叫做「雞翅膀」（chicken wing）後者叫做「劃過身體」（cross the body）。

發現毛病後，打翡翠就容易得多，除了兩個洞因切桿和沙桿救球造成短推失誤外，基本上保持水平。到了翡翠第九洞，發球前，我看了下記分表，突然意識到，如果這最後一洞抓下小鳥，總成績就是七十九桿，可能是近兩年唯一一次破八十的機會。

這個想法立刻讓我滿肚子蝴蝶亂飛，同時，腎上腺素加速製造。

翡翠第九洞是個四桿短洞，全長不過兩百八十九碼（藍梯）。可是，這個行家所謂的傻瓜洞（sucker's hole）。因爲距離短，一定引起發球直攻果嶺的欲望，然而，這是個狗腿右拐洞，發球台與果嶺之間，如想直攻，必須飛越一大片湖水。估計一下，開球落點如短於兩百六十碼，必然落水，不但小鳥抓不到，恐怕雙柏忌都不一定能收攤。

一個哈姆雷特問題在我腦子裡迴響——幹還是不幹？

我輕輕吻一下我的寶桿，把禪宗入靜的功夫調出來，把桿頭想像成一塊鐵餅，把全身當做甩繩圈的牛仔，全部離心力運用到那致命或升天的一粒小白球上面……。

只聽見兒子一旁說了一句：「You made it!」聲音彷彿來自太空。

球其實發過了果嶺，進了粗草區，我以一記切桿將球趕到洞下六呎處，再一記推桿，完美實現了天命。

那一聲美麗的噹!

這篇文章,我警告你,你如果不曾有過鬼迷心竅的經驗,肯定讀不下去。相反,如果你也曾走火入魔過,那麼,我保證,你將回我一個會心的微笑。

我要談的,是我跟我的大頭桿之間爲時多年糾纏不清的恩怨情仇。

從哪裡說起呢?

不妨從那個荒謬絕倫的鏡頭開始。

那天,一大清早,我從我的車庫加儲藏室裡找出來一捲童軍繩,是那種高品質的化學纖維編成的又細又輕又長的童軍繩。往樹林深山冒險犯難時,你可以利用它的質堅量輕攀岩走壁;搬家運貨時,你可以利用它把超重超大的沙發綁死在車頂上,你甚至可以想像,如果必須把心愛的鋼琴從地面吊向五樓，從窗口直接運進客廳，它也可以勝任。

那天，我的夾克口袋裡就揣著這麼一捲童軍繩，還沒拆封呢，包裝紙上注明，一百呎，for all purposes（萬能），腰皮帶上插著一枝不銹鋼的榔頭，是那種一頭圓一頭帶兩個尖牙，而把手由細向末端變粗，因而有利於手握的造型。我靜悄悄走向蓋著一層薄雪所以荒涼無人的高爾夫球場。

第十六洞的發球台，面向球道站立，左手前方有片沼澤地，右邊，從發球台後方開始，是一波波連綿不斷的黑松林。

雪從下半夜起就停了，西伯利亞來的寒風還呼呼吹著，黑松林的樹梢，在薄明天色中，左右搖擺，發出一陣陣摧肝裂膽的濤聲。

發球台右前方，大約二十公尺附近，有一株身形特別高大枝葉相對特別繁茂的櫟樹，此時早已幹枯枝禿，卻伸展著身軀，遮去發球台前方一半以上通向球道的空間。這棵巨物，想當初球場設計人所以刀下留情，就爲了製造障礙，讓每一個走上發球台的球員心裡發毛。

球道是按照自然形態布置的標準狗腿右拐，右拐處大約距發球線兩百二十碼，設了一個特大號的沙池。如果從發球線右端刻意製造右曲球，雖然避過了櫟樹的低垂枝枒，球發出去，十九落入沙池，下一桿從沙地攻兩百碼以外的果嶺，短鐵桿固然可以飛越沙池的前唇（高度三英尺），卻到達不了果嶺。改用木桿，又難以製造弧度，不要說距離，可能就給擋在沙池內。如果改從發球線左端開球，左曲球一定給櫟樹吃掉，右曲球又有很大的風險，因爲你必須把球擊向球道左方，再利用球體的順時針旋轉，把球從沼澤地裡拉回來。

整個設計，就爲了強迫每一個站上發球台的英雄好漢，把眞本事拿出來，發一個又低又直方向又精確的好球。當然，除了這種嚴峻的考驗，設計人也流露出他的人道主義情懷。如果你的揮桿桿頭速度到達每小時一百英里以上，那球低低平平貼地飛上兩百碼以後，由於球體上方與下方通過的氣流速度不同，這球便像飛機起飛的物理作用一樣，忽然飄高，又往前飛行幾十碼後才落地，落地後還能藉球體的上旋再往前滾上一段，那下一桿上嶺便輕而易舉成爲獎勵了。

不過，這可是老虎伍茲一類人物二號鐵桿開球的家常便飯，凡夫俗子如我，雖然夢寐以求，卻必須把身心狀態揮桿動作調整到完美狀態，才有百分之十以下的機會。

兩天前，站在這個致命的發球台上，我咬牙拚了那不到百分之十的機會。我的一號大頭木桿，桿頭也確實發揮了百分之百的離心力，但球皮都沒碰上，卻脫手飛了出去，整條球桿像舊金山巨人隊打擊王邦茲失手甩飛的球棒，掛在二十公尺外那棵老櫟樹的高枝上，卡在半空。

同隊的老婆兒子，笑到彎腰駝背，牙齒都差不多掉了一地。

刺骨寒風裡，我默默工作。利用童子軍時代學來的繩結技術，把釘鍾牢牢繫緊。我站在櫟樹底下，看準了半空裡一條斜伸的樹枝，心裡估計，如果能把釘錘甩到它上面，利用它的重量和尖牙利齒造型，就有可能拉斷或至少拉歪那根橫枝，卡在它上方的球桿，失去了支撐，就有可能掉下來。

我把童軍繩放出來必要的長度，左手虛拎一節，右手輕握釘錘下方的繩子，開始模倣鏈球運動員的動作，一面加速甩動釘錘，一面把身體各部位調整好，試到第十二次的時候，居然成功了。我猛拉童軍繩，那條作鯁的橫枝，從下面看不過兩指粗細，卻怎麼都拉不斷，但我運氣不錯，一陣狂風配合，拉歪的橫枝至少讓卡住的桿頭取得了一丁點兒空間，整條桿子就跌跌撞撞落了下來。

可是，釘錘連著一長條雪白醒目的童軍繩，卻怎麼使勁都拉不回來，只得用隨身帶來的瑞士紅十字萬能小刀，儘可能往頭頂上方予以截斷，遂留下這一段不能再短的恥辱標記，成爲以後每次回到第十六洞開球前同行朋友取笑的話題。

Drive for show，putt for dough（開球表演，推球賺錢），是高球運動的至理名言。每一個迷上此道的朋友都知道，人一站上發球台，人性裡淘汰不了的好勝心、虛榮心、征服欲望與表演衝動，不論男女，便排山倒海刺激著你的全身神經細胞，手裡握著武器，眼睛前方空無一物，只剩下優勝劣敗，剎那分寸間，生死存亡立判，這壓力非同小可。

爲了從容面對這不能不面對的慘酷考驗，我下死工夫苦讀苦練，花大錢買了一枝卡納威鷹眼專業系列九點五度的名牌大頭桿，又經教練推薦，把原裝桿身換成彈性最佳質量最輕的特製品AJ Tech 4270。武器已經改良到合法範圍內最先進的程度，剩下的只有用老命去拚了。

練球場就是我的實驗室。從Tee（球座）的高度，到站位的調整，到握桿的姿勢與鬆緊度（山姆・施尼德說，你兩手握的不是球桿，是一隻活鳥，握太緊鳥便死，握太鬆鳥便飛了），到上桿下桿的平面與角度，到頭、肩、上身、腰、臀、兩膝、下身與兩腳的協調，到全身重心的轉移與呼吸的控制……，我試過千百種不同的組合，最後還是回到原點——以潛力允許的最快速度正面擊中甜點，只有在離心力發揮最佳的時候才能成功，這就要求我想像手中的球桿彷彿就是一根無從著力的軟繩，而全身運動時必須清楚感覺，唯一的重量就是距手四十五英寸遠的那個鈦合金桿頭，全身心的欲望得集中在桿面甜點與球體赤道線下方偏左約一毫米的完美接觸，如果做到這一切，便可以聽見一聲美麗的噹，銷魂蝕骨，收桿如雕像，抬頭，眼望那球像流星火石，劃一道漂亮的弧，向目標騰空而去。

去年十月中旬，在汕頭一座高山環伺的球場上，一個球道半途攔腰伸出半座山的驚險球洞的發球台邊，我聽見我同場戰鬥的球友歎爲觀止的驚羨掌聲。我開的球到山前突然浮起，飛越山嶺，落在山背後球道的中央。四百三十碼的球洞，因爲超越障礙走了捷徑，發球後只剩二十碼，一切一推，拿下小鳥。

這全靠那一聲美麗銷魂如二十歲幽會夢中情人的噹！

奧古斯塔吉訶德

這兩天有個相當震撼人心的消息，不知道台北的讀者有沒有注意。美國喬治亞州奧古斯塔全國高爾夫球俱樂部主席威廉・強森（William Johnson）日前宣布：爲了不讓贊助名人賽的三大公司受到無謂的干擾和壓力。二〇〇三年的名人賽不再要求它們的贊助。

這三大公司確實是名副其實的大公司，即花旗集團、可口可樂和ＩＢＭ。

消息之所以震撼人心至少有三個方面，我現在就按照其可能影響的範圍，詳細說一說。

第一個直接影響，明年的名人賽電視轉播，可能比足球世界杯還要乾淨痛快，完全沒有廣告。

高球名人賽可能是全球收視率最高的高球比賽，觀眾上億。從一九三四年開辦以來，奧古斯塔委員會一向對商業性電視傳播採取嚴格管制措施，他們的信條有一個字——decency（大方得體？），意思是，名人賽應該尊重競賽本身的完美無瑕，同時要給參觀比賽的人以至高無上的享受。近年來，奧古斯塔當局堅持每年重新訂約，對每年承擔轉播重任的ＣＢＳ要求十分嚴格，例如：評論員不要說是粗話，連稍嫌粗魯的話都不能說。此外，規定每小時的轉播中，商業廣告不得超出四分鐘。

現在，連這四分鐘的廣告時間也取消了，觀眾當然應該大樂，比賽將涵蓋更多細節，觀者所得印象將更爲完整。據報導，爲了讓電視報導人員和現場分析的評論員有點休息空檔，這傳統的四分鐘，將實以球員訪談介紹和其他的相關特寫。

其次，取消三大公司贊助實在是個石破天驚的舉動。在傳播界，除了公共傳播載體，怎麼可能沒有商業贊助？

二○○二年，名人賽總獎金額即高達五百五十萬美元，捐助慈善事業三百三十萬美元，此外，辦理這場比賽的經費及其他開支，一場名人賽，是千萬美元四天花光的大手筆，錢從哪裡來？

根據《高爾夫文摘》（月刊）的報導，一九九八年的名人賽，奧古斯塔向ＣＢＳ收取轉播費五百萬美元，這已經是傳播界的奇聞，因爲同年ＮＢＣ轉播美國高球公開賽的權利金便花了一千三百萬。

奧古斯塔俱樂部全體會員不過三百名，雖然都是腰纏萬貫的大公司總裁一級的人物，然而，每年一千多萬這麼往水裡拋，究竟爲了什麼？門票收入和商標紀念品的銷售，究竟是蠅頭小利，這本帳，倒底是怎麼算的？

影響的第三個方面，可能最深最遠，也就是事件的原始起因。今年四月名人賽結束後，趁著比賽因老虎伍茲披上第二件綠夾克媒體配合造勢，奧古斯塔不收女會員的事實被人盯上了。

雖然名稱上標榜全國俱樂部，這個「全國」卻虛有其表。從一九三三年成立以來，奧古斯塔一向是盎格魯撒克森種白人男子的樂園，桿弟到今天還是一律黑人，第一次准許黑人進場比賽是一九七五年黑人高球運動員李．俄爾德（Lee Elder）贏了一次ＰＧＡ正式比賽以後發生的事。老虎伍茲一九九七年第一次贏得名人頭銜後，這個禁忌逐漸打破，但進展緩慢，到今天，三百名會員中，只有六名黑人男子。

六月十二日，美國女權運動發動了攻勢，婦女組織全國理事會（National Council of Women's Organizations，簡稱ＮＣＷＯ）主席瑪莎．柏克（Martha Burk）寫信給奧古斯塔，信中提出了一個論點，一個要求：

奧古斯塔全國俱樂部和名人賽的贊助者不應被人視爲容忍對任何群體進行歧視的單位，這種群體包括婦女。

時候到了，應該有婦女穿上奧古斯塔全國俱樂部會員的綠夾克。

這是戰爭的序幕。

七月間，老虎伍茲在自己的網站上第一次被迫表態，口氣還算委婉，意思是，人家有自己的規章，外人很難插嘴，雖然原則上覺得他們應該收女會員云云。

到了八月，ＰＧＡ錦標賽之後，老虎也抵擋不住壓力，開始呼籲奧古斯塔改變政策了。

新世界的女權運動從六十年代重新發動到了八十年代，已經是浩浩蕩蕩不可抗拒的主流思潮，直到今天仍然是政治正確的骨脊，矛頭所指，鮮有不望風披靡者。奧古斯塔是絕少的例外。

七月份，強森先生的公開答覆便表現了唐吉軻德式的頑抗精神，他說：

很可能有一天，婦女會被邀請加入爲會員，但這要按照我們的時間表，不是在刺刀威脅下實現。

你也許以爲，說這話的強森，肯定是個老頑固，事實不然。

強森綽號Hootie（從Hoot這個字源看，原意是「貓頭鷹似的叫喊」，延伸義指大聲喊叫反對，台灣俗稱「開汽水瓶」，因此可以譯爲「胡啼先生」），今年七十二歲，南卡羅萊納州銀行家出身，是個有名的自由派。三十多年前，胡啼先生奔走呼號，促成南卡州立大學成立該州第一個大學部商學系，這個大學的學生百分之九十以上爲黑人。他又擔任過全國都市聯盟主席團的成員，這個聯盟也是爲黑人爭權利的組織，黑人民權運動家Vernon Jordan即其執行長。

然而，目前的胡啼先生，正被全美國的噓聲圍攻。

七月中的答覆出現後，瑪莎．柏克做出了反應。

他（指強森）斷絕了所有直接溝通的可能性，我只能選擇跟其他有關方面溝通，這可能包括名人賽的贊助商，和該俱樂部的個別會員。

戰火延燒了。

二〇〇二年八月三十一日，胡啼先生發表了一項聲明，裡面有這麼兩段話：

NCWO攻擊的眞正目標是奧古斯塔。因此，讓名人賽媒體贊助者承受壓力是不公平的。

我們遺憾，但看到這些公司被捲入這一事件並不吃驚。我們將繼續堅持，我們的私人俱樂部不應由外界『團體』來經營管理。

壯哉斯語！可是，在政治正確的大氣壓力下，胡啼先生還能堅持多久？

順便一提。奧古斯塔的會員政策不一定像人們想像中那麼昂貴，但極為隱祕。而且，錢不是主要決定因素，相傳微軟創辦人蓋茨有意加入（他據說是差點十五的高球手），但被拒絕。胡啼先生接掌奧古斯塔四年，「政績」斐然，任內的黑人會員增加得最快，他又改造了奧古斯塔球場，創造了十八個洞全面電視轉播的新制度，並成功勸說若干年邁的前名人不再參賽（讓位給年輕人）。

奧古斯塔會員不是終生權利，實際以一年爲單位。每年季節開始前，如果收到一封邀請信（附帶一年開支明細表），就成爲會員，第二年收不到信，便失去資格。

胡啼先生任內，說不定有一名女強人，差點不過十，做人做事公認「大方得體」，也許就會收到這樣一封邀請信，但肯定要到這場戰爭的槍聲沉寂以後。

奧古斯塔攻防戰

如果不是伊拉克戰爭，今年的名人賽一定萬眾矚目。從一九三四年開辦到現在，這是第五十七屆。五十七次名人賽，從來沒有一次，打十個月前開始，全美國的媒體便投入了人力物力，準備好好炒熱這一場球。

雖然還是有一百八十個國家轉播，雖然還是有大批體育記者密集採訪，雖然四天的比賽起伏跌宕，扣人心弦，雖然話題不止一端，每個話題都見仁見智極具爭議性，這場球，相對於萬哩外煙硝彌漫、生死存亡的硬碰硬戰爭，感覺上不免冷冷清清。

儘管如此，對球場內外全身心投入的眾多參與者，二〇〇三年四月十日至十三日的奧古斯塔名人高球錦標賽，仍然是一場不折不扣的腦力體能攻防戰。

十個月來的話題至少有三個。

第一，老虎伍茲能不能開創歷史新紀錄，繼二〇〇一、二〇〇二年之後，贏得三連冠？名人賽史上，連得兩屆冠軍的戰績一共只發生三次。美國人所謂的「背連背」（back to back）勝利榮耀，首先由高球史上公認的最偉大球員傑克．尼克勞斯（Jack Nicklaus）創出，時在一九六五和一九六六年。一九六七年，綽號金熊的尼克勞斯面臨空前壓力，打完第二輪（星期五）便慘遭淘汰。第二次奇蹟的創造者爲英國球員尼克．佛度（Nick Faldo），一九八九和一九九〇年兩度披上綠夾克，一九九一年的衛冕之戰，佛度只取得第十二名。

老虎伍茲轉職業之後的第二年便以破紀錄的成績奪得名人頭銜，當年的勝利確有石破天驚的震撼效果，因爲他不僅以最低年齡最少桿數最大勝差擊敗全世界一流高手，他而且是第一個有色人種的名人。然而，此後三年，老虎雖在其他戰場上屢有斬獲，卻不能征服素享「天堂」美譽的奧古斯塔。二〇〇一和二〇〇二年，老虎終於不孚眾望，平了尼克勞斯與佛度的歷史紀錄。今年的老虎，左膝開刀痊癒後，狀態甚佳，開季以來已經贏過兩場，這個三連冠之戰，自然成爲新聞焦點。

第二個話題其實是個老話題——白人球員中天賦最高的左撇子菲爾．米克森（Phil Mickelson），究竟能不能突破他戰果豐碩的職業生涯中的唯一難關，贏一場大賽？記者們愛用一個比喻：「甩掉他背上的猴子」（get the monkey off his back）。可是，人們也不忘這個事實：全世界有史以來只有一名左撇子贏過一場大賽，一九六三年鮑布．查爾斯（Bob Charles）得英國公開賽冠軍。左撇子贏大賽本身就是新聞，何況是米克森。

近年來，米克森多次在大賽最後一天衝到最前線，每次都功敗垂成。去年的名人賽，落後四桿得第三；兩年前，落後三桿得第三；一九九六年，差佛度六桿得第三。二〇〇一年PGA錦標賽，他得第二，僅差冠軍湯姆斯一桿。在美國公開賽的近年紀錄中，米克森也經常功虧一簣。一九九九年，他輸給後來空難死亡的史提華（Payne Stewart），只輸一桿。去年在黑場（Black Course），差老虎三桿，又是老二。

米克森成了職業高爾夫球界最名實相副的莎士比亞悲劇英雄。

不錯，已經是老話題了。可是，悲劇是人人都不忍看又不能不看的。

第三個話題好像與高球不相干，但若即若離，直接刺激奧古斯塔的心臟，迎面打擊奧古斯塔的美麗傳奇形象。

前面不是說過，十個月前話題便開始了嗎？

十個月前，婦女組織全國理事會（NCWO）主席瑪莎．柏克給奧古斯塔全國高爾夫球俱樂部主席強森（綽號胡啼）寫了一封信，公開要求一向拒絕女性會員的奧古斯塔排除對婦女的歧視政策。柏克的號召獲得廣泛響應，媒體加入推波助瀾，形成了強大輿論壓力。《紐約時報》甚至動員了非體育專業的作家寫專題評論，柏克更揚言發動政治正確大軍到場示威，圍堵奧古斯塔，杯葛名人賽。

無往不利的婦解強人這次碰到了對手，胡啼態度頑強，公開宣布奧古斯塔的會員政策有憲法保護，「我們絕不在刺刀下低頭」！

柏克使出殺手鐧，號召全國婦女消費者抵制名人賽電視轉播的主要贊助商，其中包括IBM、凱迪拉克汽車、花旗銀行、可口可樂……。

胡啼回馬一槍，決定今年的名人賽轉播，取消全部商業贊助（約值兩千萬美元），費用自包，給全世界電視觀眾一次空前的享受，連續四天二十多個小時的電視轉播，不插一張廣告！

攻防戰演變到這個地步，當然只好赤膊上陣拚實力了。

奧古斯塔是亞特蘭大的近郊小城，這個小城之所以名聞世界，只有一個理由——名人賽和它美輪美奐的球場。小城的市政當局，從上到下，每個人的薪水和生活都仰賴這個豪門巨賈俱樂部。第一場戰役的戰場既在這裡，雙方的優劣形勢立判。此外，伊拉克戰爭吸引大批婦解積極分子投入反戰活動，因此，按奧古斯塔警察局的規定，在球場外一英里處一座停車場舉行的示威，前後亮相的，只有三、四十人，而且電視上幾乎沒有任何報導。必須了解，柏克頭銜雖大，她這個理事會一共只有三個人，包括她自己在內。

上帝的歸上帝，凱撒的歸凱撒。

眞正的攻防戰，只能出現在高爾夫球場的黑松、白沙、綠草、紅花之間。

居然，左撇子打贏了一場大仗，只不過，這個左撇子，不是米克森。

這個禮拜，原應屬於老虎伍茲，賽前的賭盤也一律看好，下五賠八，其他所有球星，最看好的也不過下一賠十，然而，這個禮拜，創造歷史的不是老虎，卻成爲麥克．維爾（Mike Weir）的生命高峰。

老虎第一輪失常，打出七十六桿，第二輪也無表現，若非最後一個五呎推桿成功，就遭淘汰。第三輪的六十六桿爲該輪全場最佳成績，重燃希望，但第四輪第三洞犯了操切進軍的兵家大忌（三五〇碼短洞用一號木桿開球入林，結果雙柏忌），此後一蹶不振。

米克森從頭到尾表現不俗，尤其是第四輪第二洞九十呎推桿進洞，似有神助，背上的猴子，看來眞要甩掉了，但悲劇英雄的故事，還是沒有說完，一個冷面殺手衝了出來，名叫麥克．維爾。

麥克．維爾今年三十二歲，自小在加拿大安大略省長大，十四歲以前的夢是冰上曲棍球，他的偶像是冰球最偉大球員葛雷茲基（Wayne Gretsky，加拿大人）。十四歲時因身高、體重不足而改打高爾夫，一九九二年轉職業，一九九八年加入美巡賽，這是他第一座大賽獎杯，也是贏得大賽冠軍的第一個加拿大人。

身高一米七三體重七十五公斤，從體能上看，任何行家都不會看好他。他的絕活是「精準」，他的致勝祕訣是「意志力」。

從發球台到果嶺，從大頭桿、長短鐵桿到推桿，維爾沒有超人之處，他的超人之處在於「盡量減少錯誤」。

至於「意志力」，不妨看看他的眼睛，凝神專注的那一股冰冷的光芒，直可削鐵如泥。

索倫斯坦的挑戰

看來，兩個職業巡迴賽都因此興奮了起來。清一色男性的美巡賽（PGA）很興奮，世界排名第三的成員左撇子名將米克森（Phil Mickelson）說：「我覺得很棒，我跟任何人一樣好奇，想看看女職高協會（LPGA）當今最好的球員，也可能是有史以來最好的女高球手，如何跟男子比個高下。」

老虎伍茲也說：「我想她參賽很棒，不過有個『但是』：如果她打出好成績，對女子高爾夫就是件好事，如果她上場兩天打出了高分給淘汰，那就害多於利了。」

女職高方面當然更興奮，這是近五十八年來第一位女子高球手正式參加男職高的比賽。上一次，也是唯一的一次，女職高的名人，當時最好的球員寶貝·札哈莉絲（Babe

Zaharis），正式受邀參加一九四五年的洛杉磯公開賽，頭兩天分別打出七十六和八十一桿，跨過了三十六洞的淘汰門檻，可是，第三天她打出八十一桿，給淘汰了，未能終局（洛杉磯公開賽當年採頭三輪兩次淘汰制）。此後，美巡賽裡再也看不到女子球員。

現在，在性別觀點主宰政治正確的時代，又一個歷史突破口來到了。跟札哈莉絲相比，索倫斯坦讓人更期待，更興奮，她不是省油的燈。

讓我們仔細審核她一下。

安妮卡．索倫斯坦（Annika Sorenstam）今年三十二歲，生於瑞典首都斯德哥爾摩，早期受過嚴格訓練。據說她的啓蒙師曾以下述爲目標培養她：每一個洞都必須在心理上要求自己抓小鳥。如果實現，標準七十二桿的一輪十八洞，便得打五十四桿。這個標準，當然遠超過人類（不分男女）的能力。在所有正式比賽中，男子最高的成績是五十九桿（有好幾個人得過，印第安血統的美國高球手諾特．巴蓋曾在非正式比賽中擊出五十八桿的特優成績，但不能列入紀錄）。女子中，有史以來只有一個人打過五十九桿，就是索倫斯坦在二〇〇一年的一場正式比賽中創造的。

然而，我們必須了解。男子比賽的場地，與女子比賽的場地不同，距離一般要長上五百到一千碼。以女子天生體能與男子平等競爭，這個距離差造成了極難克服的障礙。舉例說，一個四百五十碼的四桿洞，ＰＧＡ男子平均開球在兩百八十八碼左右，剩下第二桿上嶺，只需使用短鐵桿，準確度與距離控制便容易得多。女子平均開球大概兩百四十碼，攻果嶺便得用長鐵桿或球道木桿，難度相對提高，成績自然下降。

索倫斯坦是近年來難得一見的高球天才，身高五呎六吋，不能算人高馬大，但揮桿的穩定性與準確度，男子高手也不能相比。以開球進入球道的百分比（Driving Accuracy）而言，她歷年平均百分之八十點三，超過所有美巡賽的男選手。上嶺比率（Greens in Regulation，指三桿洞一桿，四桿洞兩桿，五桿洞三桿以下攻上果嶺）百分之七十九點七，放在美巡賽裡，也名列第十。索倫斯坦畢業於美國亞歷桑那大學，該校是培養職業高球手的一個重要搖籃。一九九二年十月十六日轉職業，一九九三年十月正式加盟美職女高巡迴賽，十年來，參賽一九七次，贏得比賽四十二次，攻入比賽前十名共一三一次，並贏得四次大賽（Majors），歷年獎金累積一千一百二十一萬八千美元。

這是一位必然要進入名人堂並且已經成爲傳奇人物的運動員。這樣比重的一位超級巨星，爲什麼好端端的日子不過，卻要去蹚渾水，撈過界，到虎視眈眈的男運動員世界裡去冒險挑戰？難道只是爲了政治正確？難道今天的世界已經變成這樣——每個成名的運動員，都必須同時成爲社會改革家？

索倫斯坦自己的答案倒很簡單：「我很好奇，我想知道我能否在美巡賽正式比賽中與人競爭。」她有資格說這句話，因爲她去年參加的ＬＰＧＡ比賽，贏了十一場，全世界一起算，共贏十三場。

從宣布感興趣的那一天開始，她一共接到二〇〇三年度美巡賽中九個主辦單位的邀請，詳細考慮後，她決定參加五月二十二日至二十五日在德州沃斯堡殖民鄉村俱樂部舉行的比賽。這個選擇，行家認爲相當聰明。第一，殖民鄉村俱樂部球場共長七〇八〇碼，標準桿七十，只有兩個五桿洞，距離上，不是一個重砲手的樂園，準確度的要求高於距離。索倫斯坦平均開球距離兩百六十五點六碼，在ＬＰＧＡ裡排名第四，放在ＰＧＡ裡，排名便退到一百七十二，所以這個選擇的聰明處，在於避短。其次，殖民球場的球道狹窄而且多爲狗腿洞。狗腿洞對長打手而言，占不了太多便宜，但對開球和攻嶺準確度高的球手，則只要善於以旋轉控制球的飛行弧線，便容易走捷徑，趨吉避凶，因此，這個選擇的智慧，在於取長。

米克森看到了這點，所以他說：「因爲多數洞是狗腿洞，多數巡迴賽球員將用二號鐵桿或三號木桿開球，剛好跟她的大頭桿距離一樣，那她就可以從我們一樣的地點攻果嶺。」因此他預測，索倫斯坦不但一定make the cut（頭兩輪比賽結束時淘汰一半，叫做cut），還說：「我想她會打到二十名左右！」

記者問米克森：「你呢？」米克遜笑答：「我希望十九名或更好。」

這個微笑和回答，透露了男球員的心理壓力，不過，對於所有動腦筋設計創造這場「挑戰」的人，這不正是他（她）們追求的賣點？

談到這裡，真正的問題剝露出來了。

近幾年，ＰＧＡ因爲出了個老虎伍茲，全世界的高球人口大增。水漲船高，老虎伍茲帶來的不只是高球運動的普及率，電視收視率、獎金額和商品贊助廣告全都直線上升，再加上老虎的少數民族出身，首先破壞了高爾夫純屬高加索白種男子運動的傳統形象，引起了諸多議論。議論一多，話題一多，媒體的報導便如春暖花開時節蜂飛蝶舞，所有的眼光與鈔票都爭先恐後擁向ＰＧＡ，ＰＧＡ從來沒像現在這麼興旺過。然而，市場大餅終究還是有限，ＰＧＡ的肥，並不代表高球界所有次級市場同肥。首先，老的偶像，如帕默和尼克勞斯一輩，相對黯然失色，他們代表的常青巡迴賽（Senior Tour），這幾年的情況，江河日下，雖有「新手」明星華生（Tom Watson）和凱特（Tom Kite）等加盟，仍無力挽回頹勢。常青賽今年起決定減少每年的比賽次數並改名爲冠軍巡迴賽（Senior這個字顯然不受尊敬），顯示了這種困局。

ＬＰＧＡ也遭遇同樣的困難。去年賽季中期，媒體報導了一則消息，內容大致是：ＬＰＧＡ當局不反對球員穿著暴露性感一點，並有人振振有詞爲之辯解：性感本來就是女運動員的天生本錢，職業高球運動雖然是嚴肅的體育比賽，它同時也是商品，顧及其娛樂性實與道德無關。

所以，我們終於明白爲什麼ＰＧＡ與ＬＰＧＡ都爲索倫斯坦與男子同場競技而興奮莫名了。LPGA這麼多年來都找不到比這個更新鮮刺激的賣點。PGA一年有四十幾場比賽，其中至少有三分之一的主辦球場也在爲生意眼苦苦掙扎。今年五月，全世界的媒體都將瘋狂報導，索倫斯坦的挑戰，不僅在於擊敗同場競技（約一百二十人）的百分之五十男子，她恐怕得面對她一輩子沒見過的媒體壓力，還要在LPGA從來沒有的萬人圍觀的環境中，揮桿打出教女人不丟臉男人不敢嘲笑的成績。

索倫斯坦的實驗

高球界上演了兩天好戲，可惜未能終局，索倫斯坦打出了一四五桿，高出淘汰標準四桿，失去了週末競賽的機會。

終場後的記者招待會上，索倫斯坦多次忍不住眼淚，但這不是失敗者的淚，是感激之情逼出的淚，是大緊張鬆弛後的淚。

成功還是失敗？看你怎麼對待這一體育運動史上的特殊事件，怎麼看待索倫斯坦職業生涯的又一高峰演出。

我在〈索倫斯坦的挑戰〉一文中，大致介紹了這位女子職業高球界的頭號球手，說明了這次事件的一些相關情況，此處我只談這兩天（二〇〇三年五月二十二至二十三日）的比賽以及連帶引起的一些讓人省思的問題。

受邀參賽並在九項邀請中選擇德州沃斯堡殖民高球場都是索倫斯坦本人的決定，這些關鍵決定都經過深思熟慮。雖明知這一行動必然引起廣泛注意，造成媒體轟動效應並涉及商業和金錢方面的交易，索倫斯坦從頭到尾不曾動搖，她始終維持一個立場——她只想測試一下自己的能力。

去年在全世界比賽中贏了十三場，索倫斯坦早已是公認的女職高界的主宰力量，然而，誰都知道，全世界高爾夫球的最高標準是全男子的ＰＧＡ，她想碰一碰這種標準，其實自然不過，當然，商界要撈，媒體要炒，男職高界裡免不了有人抱怨，婦運領袖趁機推銷政治社會主張……，這一切，對索倫斯坦而言，並不相干。她的成敗，不能以她的決定和行動連帶引發的議題是否適當來衡量。她的成敗，決定於她的上場表現。這兩天的表現，狹義看，她失敗了；廣義看，她成功了。下面細說。

五月二十二日星期四，索倫斯坦分配在下午一時四十三分開球，同組的兩名男運動員Dean Wilson和Aaron Barber都是rookie（新手）。Wilson多年來一直在日本巡迴賽打天下，並曾贏過八次，比較老練。第一輪打下來，與索倫斯坦同得七十一桿，他讚美她：「她準得像機器，她讓人敬畏！」

事實證明，他說的不是客套話。

拉斯維加斯的賭盤是七十六點五桿，少於此數，即可贏錢。拉斯維加斯的賭盤標準不是隨便定的，賭注往往上千萬，豈可兒戲。他們有專家仔細分析，基本上認為：長七〇八〇碼的殖民球場，標準桿七十，但對索倫斯坦而言（詳細研判她歷年比賽的程度後決定），應該是七十四桿，加上媒體、觀眾和事件本身的特殊性對這種環境下競技形成的壓力，因此，七十六桿左右是職業賭場判斷的索倫斯坦成績預測，但她交出了漂亮的成績單：七十一桿。全場十四條球道（三桿洞不計），她的開球只失手一次，而且不算嚴重（差幾碼）。十八個果嶺，她按規定攻上十四次。前者成功率百分之九十三，後者百分之七十八。跟同場競技的一百一十三名男選手相比，前者排名第一，後者第十一。

索倫斯坦的弱點暴露於短路球。第一天共推桿三十三次，排名一百零六。第二天更出現幾次切桿和推桿抓不準距離的大錯，造成了無法跨越淘汰線的遺恨。

短路球成了這次被淘汰的主要原因，是與一般行家的認識背道而馳的。行家們多認為，女子高球手的弱點是開球不夠長，上嶺不夠準，而短路球是女子高球手補救成績的重要手段。索倫斯坦的實驗證明，事實相反：開球短不難挽救，上嶺不準也可以挽救，唯有短路球控制不好，才是無可挽救的致命傷。索倫斯坦在一般女高球場所以成績特優，正因為她經常開球在球道，上嶺按規定，很少有使用短路球補救的必要。這一次，弱點暴露出來了，所以事後她才說這次學到了很多新東西。她發現，男職高選手裡，開球不長的選手一樣有機會贏比賽，主要關鍵是這些選手如Corey Pavin、Jeff Sluman等，短路球的精準控制無懈可擊。

一場球，職業球手的正常推桿標準應該在三十桿以下，索倫斯坦兩天平均三十二桿，排名第一百零六。她兩天比賽只有兩次博蒂，卻有七次柏忌，推桿也是主要的失敗原因。一百碼左右以內的球，都叫短路球，包括高拋、切桿、沙坑和推桿，索倫斯坦這兩天的表現，黑白分明。開球和長距離球，以準確度而言，她在全體選手中名列前茅，短路球的成績則遙遙落後。

通過這些分析，我認為，如果這次大膽實驗的目的，如索倫斯坦自己在賽前所預測（即衝破淘汰線，打進週末），顯然是失敗了。但這只是狹義觀點的看法，從廣義觀點分析，索倫斯坦不僅不該聽到「雖敗猶榮」那種半嘲笑的恭維，她開啓了人們的眼界，透露了未來的一些可能，在高爾夫球運動的發展上，有突破性的貢獻。下面再細說。

高爾夫球與許多偏重速度、力量、彈跳力或窮盡體能限度的運動項目不同，它是一種既要大塊文章又要精耕細作的遊戲。

一場球，從tee到green（發球台到果嶺），有不同的階段，不同階段有不同的技巧。所以，它要求運動員不僅要有power（力量），不僅要能製造和控制力量，還要懂feel（球感），尤其是高球精粹所在的短路球，手感與身體韻律的調節配合，需要精微細緻的技巧(finesse)，何況，除身體外，頭腦的算計與分析，心理狀態的平衡與冷熱自如，大局判斷與小節處理之間的評估管理，全部條件加在一起，才可能發揮運動員的最大潛力。一場完美的球，是一個個人面對天地面對自己誠實無欺的極限操作，這就像音樂家面對樂器，畫家面對畫布，除了自己，誰也幫不了。

從這一層意義看，索倫斯坦雖未能過淘汰之關，她的表現幾乎已經完美無憾，尤其是第一天，四小時十九分鐘萬人鼓掌歡呼，五百多個媒體人員的監測記錄與全世界上千萬人目擊演出的情境下，她每一次揮桿都幾乎或完全達到她心裡預定的目標，一輪十八洞，她的球從未打入沙坑，這種表現，能不令人震撼？

此外，必須了解，這次實驗所面對的十八個洞，每一個洞的條件，從距離、障礙物的設置到球洞旗桿選定的位置，相對於她平常習慣的比賽場地，難度都高上一大截，她在一百一十四名同場競技的選手中，擊敗二十七名，其中有七人曾經在PGA比賽中得過冠軍。

第二天的表現稍差，她的老教練Henri Reis親臨現場觀察，但因圍觀球迷太多（開球台十五、六層人牆，球道上也有五、六層），只好到休息室看電視，看出來一些毛病：

「她的上桿在頂部的動作有點過快，節奏上比昨天差。」

可能是求勝心切的影響，現場評論員Peter Kostis也發現，跟第一天的戰略不同，從最初幾洞開始便看出來，上嶺球不再向果嶺最安全的地方瞄準，她大膽直攻旗位(pin)。也許第一天的成功刺激了她，她知道第二天必須多幾個博蒂才能過關，因此改採更積極因此冒險性也相應增加的打法。第二洞果然成功，抓了小鳥，但自第五洞起，毛病出來了，第十洞第四次柏忌後，已無力回天。

但她的劃時代實驗還是啓發了不少人的創新思考。《紐約時報》專欄作家Dave Anderson就建議：美高協會（USGA，業餘團體）應募集一百萬美元爲首獎，舉辦男女混合公開賽，男女各七十五名，在不同位置開球，公平競爭。

美高協會每年舉辦十三項全國性比賽（包括大賽美國公開賽），爲什麼不加上這一新項目呢？

他問。

怎麼看姚明

不到三個月，姚明就已經在NBA裡展現了超級巨星的架勢，這個現象，確實驚人。有些人，特別是華人，更預告NBA「姚明時代」的來到。不久即將舉行的NBA季中明星賽，姚明很可能取代俠客歐尼爾，成爲西區先發中鋒，這一發展，如果成爲事實，必然更要給姚明熱添材加料，火上加油的結果，姚明即使變成民族英雄，歷史地位超過岳飛、文天祥，也不是不可能。

然而，能這麼看姚明嗎？

首先，得仔細想想，NBA的明星賽，究竟是什麼性質的事件。

NBA球季，一般從十月份開始（先有季前表演賽，不算成績），到六月份結束，每季每隊打八十二場球。明星賽就是在這八十二場正式比賽進行到一半的時候，加一場表演賽。表演賽每年選擇不同場地舉行，這種設計，顯示了NBA經理層推廣NBA產品的用心，因此，它基本上是一場廣告秀，誰贏誰輸，沒人計較。

既然是個廣告，設計者便不能不絞盡腦汁動員一切力量來掀起熱潮，因此「明星」的誕生，不是根據科學數據或專業評價，而是由球迷票選。

姚明今年如能以rookie（新秀）身分一舉擊敗三連霸的湖人中鋒歐尼爾，基本上只能歸納出兩個原因：第一，湖人隊今年戰績到現在爲止，幾乎是個災難。季初歐尼爾因傷（大腳拇趾開刀）未能出賽，影響了實力，還情有可原。歐尼爾傷癒後，特別是在洛杉磯主場對達拉斯小牛一役，下半場落後二十七分居然逆轉成功，行家都以爲湖人已經克服困難，重新掌握節奏，恢復應有水平，不料此後依然萎靡不振。這是歐尼爾得票偏低的第一個因素。

第二，NBA選明星的辦法，現在已經適應潮流，加上了網路通訊。到目前爲止，據報導，姚明累積得票已超出歐尼爾二十多萬票，在西區明星票選中，遙遙領先，如無意外，明星賽出任先發中鋒，已成定局，因爲明星賽有個制度：東西對抗的兩隊，分由兩區戰績最優隊的教練擔任教練，但這個教練不能隨意決定排陣人選，而應由球迷投票決定五個先發隊員。

姚明在NBA出山第一仗，表現平平，上場共十一分鐘，得分零，籃板、助攻、阻攻皆乏善可陳，當時的籃壇評論界一致認爲他又是一個布萊德里。布萊德里身高七呎六吋，高度有餘但速度力量皆不足以擔當禁區重任，他出身猶他州摩門教，入ＮＢＡ前還到澳大利亞傳教兩年，高薪應聘後，始終發揮不出人們預想的功力，因此，布萊德里，在ＮＢＡ界，就是「失望」的同義語。大家也許都知道這個故事，前籃壇巨星現任ＴＮＴ評論員的巴克里，便曾在全國聯播節目Inside the NBA（ＮＢＡ內幕）上公開宣稱：「如果姚明哪天得十九分，我就親你的屁股！」這個你，就是他同台主持節目的肯尼·史密斯，火箭隊得冠軍那一年的控球後衛。

Inside the NBA這個節目，觀眾遍世界，台灣相信也有人看到過。姚明得分第一次過二十之後，巴克里的確守信賠上了賭注，但稍有取巧之嫌。他親吻的是驢（眞的牽了一頭毛驢上電視台），不是史密斯的屁股，因爲英文裡的ass有雙解。

總之，說這段故事無非是要指出，姚明如果壓倒歐尼爾出任明星賽先發中鋒，第二個原因也在於他自己，如果沒有最近這二十幾場球的驚人進步，根本是不可能的。

不過，實事求是，明星賽終究只是一場看熱鬧的廣告秀，縱然在塑造型象、開拓商機上，對個別球員與球隊，都有實效，但不能看成運動員的眞實成就。何況，姚明得票率居高，跟網路投票這個新辦法息息相關，雖然無法查證，但大陸ＮＢＡ球迷人口這幾年早有基礎，姚明加盟ＮＢＡ後，據說一場ＮＢＡ球賽的收視人口，經常十倍於美國，民族主義慫恿之下，網路投票必然已形成人海戰術。

我開始認眞注意姚明，時間較晚，是一個多月以前休士頓火箭主場對印第安納溜馬之役。這場球，姚明得分二十九，籃板也達兩位數，阻攻、助攻皆有佳績，傳球若有神助，跑位靈活自如，戰後接受訪問，自己都認爲是他進入NBA後打得最完美無缺的一場球，現場ESPN評論員華頓（七十年代名中鋒）從頭到尾對姚明讚不絕口，甚至說，姚明對籃球的了解，比場上任何人都高出一截。

這句話，不能完全當眞，因爲NBA的職業球評，固然都是專業人員，但暗中也背負推廣NBA的使命。同時，也不能完全當假，因爲職業球評不能不考慮自己的信譽。

仔細推敲一下，華頓的「高帽子」不完全是無的放矢。姚明的父親六呎七吋，母親六呎二吋，兩個人都是中國國家隊球員。姚明從小接受的籃球教育，基礎相當紮實全面，從罰球命中率到各式投籃動作中手指、手腕、手臂和全身各部位的和諧配合，可以看出姚明的基本功，跟街頭鬥牛打野球出身的運動好手完全不同。舉高爾夫球爲例，他不是李崔維諾那一類自學成功的怪才，而是結合了天賦與正規訓練的老虎伍茲一型。前者雖然無師自通，但運動技巧難免會有一定的局限，後者的身體動作與精神品質通常結合得較好，合理性高，因此較有可能發揮全部潛力。

姚明的天賦，一般人只注意他超人一等的身高，而且容易看見他體重不足、身材（尤其是上身）不夠粗壯的弱點。比較不爲人注意的是他的下盤功夫。他的雙腿因爲身高關係往往讓人看不見它們的力量和潛能。對溜馬那一仗，我第一次發現他單足支撐連續轉身三次變化方向的起跳前動作，與火箭隊前中鋒歐拉朱萬如出一轍，大爲吃驚，因爲這是歐拉朱萬的獨門絕技，所以才有「夢」這個美麗的綽號，實在是這個動作美妙輕盈，看來簡直「如夢似幻」。我相信，姚明在中國的籃球環境中，絕對發展不出這個動作，後來打聽，才知歐拉朱萬退役後，就留在火箭隊當助理教練。然而，必須明白，若無紮實的下盤功夫與步法，若無全身的靈活性協調性，名師也不可能出高徒。

最不爲人注意的是姚明的頭腦。

籃球運動的最高境界不是身體，是頭腦。這個頭腦，除千軍萬馬、電光石火中見人不能見，做人不能做之外，還包括意志品質。每個人都知道，麥可喬丹、大鳥柏德和魔術強森之所以取得籃球史上的超級巨星地位，不完全靠他們漂亮非凡的技術動作，更關鍵的是他們在不可能的環境和間不容髮的形勢下做出驚人判斷與決定的能力。

我當然不是說，姚明已經是或必將成爲這樣高度成就的超級巨星。但從比賽和應付媒體的經常表現中可以看出，姚明判斷情況的能力和冷靜行事的風格，絕對是可造之才，更何況，他才二十二歲，他還是一個胚胎。

胚胎有可能成爲超級巨星，也可能變成布萊德里，但無論如何與民族英雄無關。

民族主義的情緒，也許可以爲自己找點安慰，也許可以幫姚明多賺幾個錢，但對姚明必然要面對的艱苦未來，反而可能幫倒忙。

史詩高度的比賽

今年的美國網球公開賽有三大特色，爲歷屆大賽從未有，不但觀者動容，以後也不可能再現。從這個意義上說，今年四大滿貫賽的壓軸大戲，也許是我們這一輩子能夠欣賞到的最完美的演出。好久沒寫網球，這次不能不寫。

首先，一個網球賽而牽動如許複雜的政治、歷史、文化神經，是前所未見的。然而，這是紐約，這是「九一一」週年前夕，場上觀戰的名流球迷如黑人導演史派克李（Spike Lee）、CBS招牌節目「六十分鐘」主持人喬治華萊士、長住長島的好萊塢明星鮑德溫兄弟……，每個人心裡都是網球，也不止網球。紀念黑人網球手阿瑟艾許（Arthur Ashe，若干年前因輸血得愛滋病去世）的艾許體育館內，兩萬多名觀眾心裡，不可能沒有「九一一」的陰影。主辦單位美網協會（ＵＳＧＡ）完全了解，他們安排了哈林童聲合唱團（The Harlem Boys Chorus）揭開典禮序幕，黃昏臨近的法拉盛草原（賽場所在地）暮色蒼茫，一種彷彿安靈招魂的氛圍，籠罩在夕陽餘暉映照的缺了一大角的紐約天際線上。

這種氛圍，這種光線，只有網球老內行才懂，是三十一歲捲土重來的山普拉斯的神賜武器，是三十二歲靠接發球和底線穿越討生活的阿格西的致命環境。

然而，先不談這場史詩般的老人對決，先談「九一一」，因爲它是舞台的背景大幕。

「九一一」週年前夕，求戰與厭戰，成了美國人尤其是紐約人的複雜心理情結。這個週末，布希把五名鷹派部屬送上各種全國新聞電視專訪節目，爲呼之欲出的第二次攻伊戰打前哨宣傳。在此之前，布希本人親自打電話給江澤民、普亭，做說服工作。民間流傳，美國大兵全部取消休假，攻伊部隊逐漸部署到位。可是，究竟有多少人相信這場仗打得起來？打得贏？國際上，布希只有一個心腹死硬派支持，英國的布萊爾，當然，以色列絞盡腦汁慫恿配合。國內，民調雖還有百分之六十五的支持率，但經濟復而不甦，股市低迷不振，公司營利停滯，民間財富縮水。美國人怕恐怖，更怕反恐戰把經濟拖上長期蕭條。

就是這一種低氣壓，就是這樣一種打也不好不打也不好的困獸心理狀態，逼出了一種非常奇妙的哀兵求勝的氣氛。做爲一個客居外國人，我只能想像，東亞病夫第一次取得世界級的競賽金牌，台灣少棒第一次拿到國際冠軍，或者是這個味道。

這是一場幾乎完全由美國人包辦的公開大賽。男女單打決賽清一色在美國人之間進行。女子半決賽的四個人裡面，只有一個非美國人（法國女單選手阿蜜麗．毛里斯莫），按常理，豈不是有點乏味？事實不然，就因爲球賽背後的這種錯綜心理。

女單決賽在兩位黑人姊妹間進行，怎麼可能不乏味？姊妹之間不可能形成你死我活的對抗（rivalry），而對抗是把球賽逼上更高境界，把觀眾變成瘋狂球迷的不二手段。傳播媒體每天作夢就想這個，每天工作都爲了製造這個。網球界有個悄悄說但沒有人敢戳破的祕密。威廉斯姊妹的製造者（包括身體和網球），老父理查有個不成文規定：姊妹倆如果晉入決賽，誰贏第一局（set），誰就贏。因此，兩姊妹雖然世界排名第一第二，決賽的球只有一局可看。這個傳說沒有人能證實，當事人絕不會承認，然而，誰都注意到，姊妹賽直到今天，不管在哪裡打，結果都是二比零。

不過，雖然只有一局球可看，每逢這種場面（今後或將屢見不鮮了），人們還是津津樂道。沒有人談球，談的都是種族主義。

黑姊妹在女網世界的支配壟斷地位已經鞏固。名評論員瑪麗．克瑞蘿（Mary Carillo）便說：試想想，只要她們排名第一第二，任何人要想打出來，必須硬闖這兩關。麥肯諾應答，今年初的澳洲公開賽，辛格絲便做到了，不過，打垮這對姊妹之後，還能剩多少精力？辛格絲終於在決賽中輸給卡普莉亞蒂。

這一類的對話，經常出現在姊妹爭冠軍的比賽中，裡面沒有一個字涉及種族，但種族意味滲入了每一個字。

女單的形勢如今是這種局面，有一點可以確定，不論什麼種族，像辛格絲、克麗絲艾弗特一類球員，以技巧、落點、角度和變化取勝的所謂技術型球員（finesse player），今後前景黯淡。兩姊妹一人身高六呎一吋，一人五呎十吋，骨骼強壯、肌肉發達、動作迅速，發球都到達每秒一百二十哩（超過張德培），她們的技巧、落點、角度和變化，不輸給任何人。這次公開賽全部賽程中，兩人加起來只輸過三局球，對手都是六呎左右的女「強」人。

男單決賽沒有種族問題，只有世代問題。

在速度和力量進化到二十一世紀的今天，三十歲以上的網球運動員，等於老祖父。兩名老祖父殺遍天下攻進決賽，造成了這次比賽史詩般的高度，幾乎可以說，這種超人般的意志力表現，成爲「九一一」之後受難美國人的精神救贖，尤其是紐約人。

山大王出道時（十二年前），我寫過他，說他的風格是「強悍而美麗」。兩年前他贏了生涯第十三次大賽錦標（溫布頓），破了前人紀錄，隨即與超級名模布莉姬．威爾遜（Bridgette Wilson）結婚，此後兩年兩個月三十三場比賽，一場也贏不了，排名降到世界第十七。我在最近寫的一篇散文裡還諷刺他「雖仍強悍，不再美麗」，我跌破了眼鏡。

今年七月的溫布頓，山普拉斯第二輪即淘汰出局，網球界盛傳他隨時準備退休，一流評論員都暗示山大王的事業已屆夕陽階段，他悄悄找回了一年前分手的老教練保羅·安納孔（Paul Annacone），悄悄把速度、眼力、步法和手法找回來，雖然頭頂開始發禿，他的身材恢復了瘦削剛強，身手恢復了靈活、韌性和準確……。

阿格西的復出路更加漫長持久，「人們認爲我的事業尾聲八年前便已到達……」。八年期間，他跟他迷戀過的好萊塢美女一一告別，年前與退休的葛拉芙正式成婚，生了個大胖兒子，人們一向只注意他的服飾、花邊新聞和閃爍炫耀的生活方式，沒有人看見他在拉斯維加斯的沙漠乾旱山道上大汗淋漓練跑，沒有人看見他每天在健身房練舉重。

比賽進行到第三局第六盤，歷史的轉折彷彿就要出現，阿格西扳回一局。阿格西心裡透亮，只要拚到第五局，他的體力將成爲最終取勝的關鍵。山普拉斯心裡明白，他的兩條腿已經像果子凍、棉花糖，不能讓阿格西打到第五局。

比賽開始拖遲了四十五分鐘，因爲ＣＢＳ轉播紐約噴射機對水牛城比爾的美式足球平局，加時延長，原定四點半開始的下午球變成了黃昏球。第四局已經快八點鐘，太陽已經消失。山大王的夜戰決賽從沒輸過，阿格西接發球和底線穿越絕技必須靠眼力，球一落地便打回頭，間不容髮的誤差是兩個祖父級一場史詩比賽的唯一分別。

這歷史恐怕再無重演機會了。

文學叢書 043
INK PUBLISHING
空望

作　　者　劉大任
總 編 輯　初安民
責任編輯　高慧瑩
美術編輯　許秋山
校　　對　高慧瑩　劉大任

發 行 人　張書銘
出　　版　INK印刻出版有限公司
台北縣中和市中正路800號13樓之3
電話：02-22281626
傳真：02-22281598
e-mail：ink.book@msa.hinet.net
法律顧問　漢全國際法律事務所
林春金律師

總 經 銷　成陽出版股份有限公司
訂購電話：03-3589000
訂購傳真：03-3581688
http：//www.sudu.cc
郵政劃撥　19000691 成陽出版股份有限公司
印　　刷　海王印刷事業股份有限公司

出版日期　2003年10月 初版
ISBN 986-7810-64-3
定價　260元

Copyright © 2003 by D. J. Liu
Published by INK Publishing Co., Ltd.
All Rights Reserved
Printed in Taiwan

國家圖書館出版品預行編目資料

空望／劉大任著.
--初版，--臺北縣中和市：INK印刻，
2003〔民92〕面；　公分（文學叢書；43）

ISBN 986-7810-64-3（平裝）

855　　92015080

版權所有・翻印必究
本書如有破損、缺頁或裝訂錯誤，請寄回本社更換

K INK INK INK INK INK INK IN
INK INK INK INK INK INK INK
K INK INK INK INK INK INK IN
INK INK INK INK INK INK INK
K INK INK INK INK INK INK IN
INK INK INK INK INK INK INK
K INK INK INK INK INK INK IN
INK INK INK INK INK INK INK
K INK INK INK INK INK INK IN
INK INK INK INK INK INK INK
K INK INK INK INK INK INK IN
INK INK INK INK INK INK INK
K INK INK INK INK INK INK IN
INK INK INK INK INK INK INK
K INK INK INK INK INK INK IN
INK INK INK INK INK INK INK
K INK INK INK INK INK INK IN
INK INK INK INK INK INK INK
K INK INK INK INK INK INK IN
INK INK INK INK INK INK INK
K INK INK INK INK INK INK IN
INK INK INK INK INK INK INK
K INK INK INK INK INK INK IN
INK INK INK INK INK INK INK
K INK INK INK INK INK INK IN
INK INK INK INK INK INK INK
K INK INK INK INK INK INK IN

K INK INK INK INK INK INK I
INK INK INK INK INK INK INK
K INK INK INK INK INK INK I
INK INK INK INK INK INK INK
K INK INK INK INK INK INK I
INK INK INK INK INK INK INK
K INK INK INK INK INK INK I
INK INK INK INK INK INK INK
K INK INK INK INK INK INK I
INK INK INK INK INK INK INK
K INK INK INK INK INK INK I
INK INK INK INK INK INK INK
K INK INK INK INK INK INK I
INK INK INK INK INK INK INK
K INK INK INK INK INK INK I
INK INK INK INK INK INK INK
K INK INK INK INK INK INK I
INK INK INK INK INK INK INK
K INK INK INK INK INK INK I
INK INK INK INK INK INK INK
K INK INK INK INK INK INK I
INK INK INK INK INK INK INK
K INK INK INK INK INK INK I
INK INK INK INK INK INK INK
K INK INK INK INK INK INK I
INK INK INK INK INK INK INK
K INK INK INK INK INK INK I

NK INK INK INK INK INK INK
K INK INK INK INK INK INK IN
NK INK INK INK INK INK INK
K INK INK INK INK INK INK IN
NK INK INK INK INK INK INK
K INK INK INK INK INK INK IN
NK INK INK INK INK INK INK
K INK INK INK INK INK INK IN
NK INK INK INK INK INK INK
K INK INK INK INK INK INK IN
NK INK INK INK INK INK INK
K INK INK INK INK INK INK IN
NK INK INK INK INK INK INK
K INK INK INK INK INK INK IN
NK INK INK INK INK INK INK
K INK INK INK INK INK INK IN
NK INK INK INK INK INK INK
K INK INK INK INK INK INK IN
NK INK INK INK INK INK INK
K INK INK INK INK INK INK IN
NK INK INK INK INK INK INK
K INK INK INK INK INK INK IN
NK INK INK INK INK INK INK
K INK INK INK INK INK INK IN
NK INK INK INK INK INK INK
K INK INK INK INK INK INK IN
NK INK INK INK INK INK INK